道産子《どさんこ》のボクが
生まれ育ったのは、
北海道《ほっかいどう》の函館郊外《はこだてこうがい》の牧場。
タンポポの咲《さ》きほこる丘《おか》の上で、
お母さんはいろんな話をしてくれたんだ。
でも2才のとき、お母さんは
富士山《ふじさん》の近くの農家へ働きに行くことになって
離《はな》ればなれに……。

シマくんという
学生がやってきて、
〝ゴン太〟って名前を
勝手につけた上、
ボクに乗って
日本縦断《にほんじゅうだん》をしたいって。
でも、馬の知識《ちしき》はゼロ。
大丈夫《だいじょうぶ》なの？
ドロ水を
ボクに飲ませたのが
見つかって、
牧場オーナーの
高坂《たかさか》さんに
しかられてるよ。

そして始まった冒険旅行《ぼうけんりょこう》。
北海道《ほっかいどう》から本州《ほんしゅう》へ
海を渡《わた》るところでいきなり難関《なんかん》。
貨物船に乗せてもらえることに
なったけれど、クレーンで
つり上げられるなんて！
怖《こわ》いよ〜、早く船に降《お》ろして！

本州《ほんしゅう》へ着いた夜。
シマくんは
温泉宿《おんせんやど》に
泊《と》まっているのに、
ボクは真っ暗な
空き地に
つながれて
ひとりぼっち。
自分勝手なシマくん
なんか大嫌《だいきら》い！
夜が明けるのを待って、
ボクは綱《つな》を食いちぎり
逃《に》げ出した。

シマくんの執念《しゅうねん》に負けて、
山の中で見つかって
しまった。
仕方ない、あきらめて、
シマくんの夢《ゆめ》の実現《じつげん》に
協力するよ。
町では子どもたちが
集まってきて、
ボクの背中《せなか》に乗せて
あげたら大はしゃぎ。
喜んでもらえてよかった。

夜、雨の冷たさで目が覚めた。「寒いよ！　シマくん、助けて！」
そう思っていたら、シマくんが心配して宿から出てきてくれたんだ。
ずぶぬれのボクを見て「許《ゆる》してくれ、ゴン太！」って。うれしかったよ。

あの雨の夜から、
シマくん変わったみたい。
宿に着いたらまず
ボクのエサを作って
ワラでマッサージ
してくれたり。
最初のころの冷たい
あつかいとは大違《おおちが》い。
何だか心も通じてきて、
ボクたち本当に
仲よしになったんだ。

東京《とうきょう》に入ったとたん、
ものすごい車の量と人、人。
そしてすさまじい騒音《そうおん》
車の急ブレーキの音、
運転している人の
どなり声……。
驚《おどろ》きの連続で、
思わず体が
すくんでしまう中、
必死で進んでいったよ。

雪が降《ふ》り出したのに
宿が見つからず、
徹夜覚悟《てつやかくご》で
箱根《はこね》を越《こ》えることにした。
深夜の雪の山道を
人が乗った馬が
歩いていたら驚《おどろ》くよね。
通りすぎた車の運転手は、
ボクたちをオバケだと
勘違《かんちが》いしたみたい。

車の洪水《こうずい》の中を行く
緊張《きんちょう》の毎日
だったけど、
今日は時間が
あるからと
車の通らない
海岸の道を
ゆっくり進む。
シマくんは
ボクの背《せ》から降《お》りて
歩きながら
気分よく歌ってる。
楽しいなぁ。

待ちかまえているのは
静岡《しずおか》の大井川《おおいがわ》の鉄橋。
1キロもの長さを見て
大きなため息をついたあと、
「行くしかないか！
頼《たの》むぞ！」とシマくん。
わかったよ。
一気に走りぬけるよ！

泊《と》めてもらった競馬場で出会った
サラブレッドの美鈴《みすず》ちゃん。
ボクたちの旅の話を
喜んで聞いてくれて、
「ゴン太くん、かっこいい」って！
胸《むね》がドキドキしちゃって、
これって初恋なのかな？

別れぎわ、
ポロリと涙《なみだ》を流してくれた美鈴《みすず》ちゃん。
また会えるよね！
次の日、草むらで休んでいると
「お馬さんに乗せてぇ」とやって来た女の子。
名前はなんと〝みすず〟ちゃんだって。
もう一度会えたんだね！

ボクの最大の敵《てき》は
トンネルなんだ。
ゴールが近づいてきた
九州《きゅうしゅう》で最後の難関《なんかん》、
大トンネルが。
ゴォ〜！　と
ものすごい車の反響音《はんきょうおん》に、
思わず目をつぶる。
ボクの手綱《たづな》を
握《にぎ》りしめているシマくんの
手に力が入った。

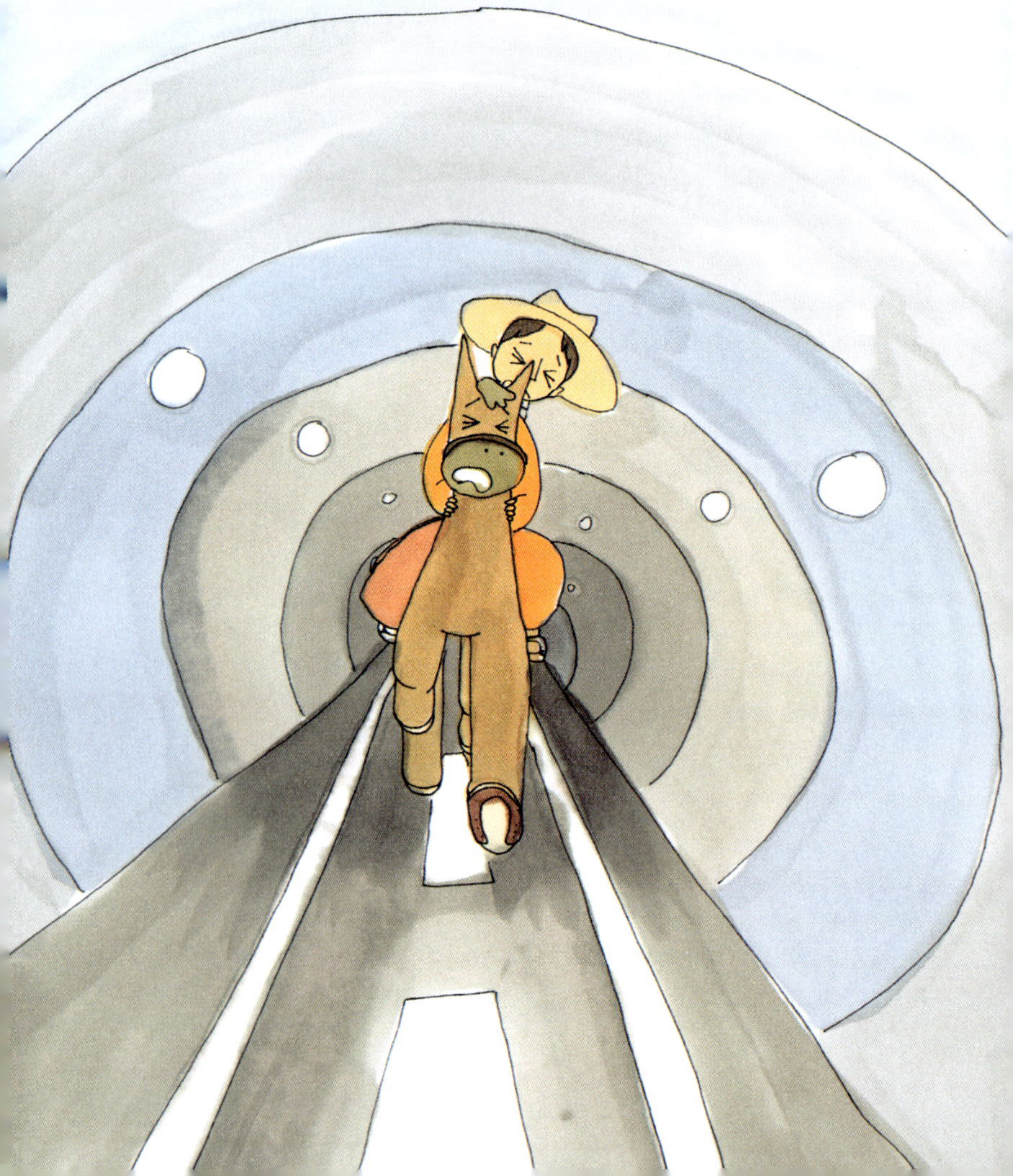

明日はいよいよ
最終目的地に到着《とうちゃく》、という夜。
一緒《いっしょ》に寝《ね》ようと寝袋《ねぶくろ》を持って来たシマくん。
わかるよ、ボクも同じ気持ちだから。
シマくんと見上げる星空は、
さえわたっていたよ。

１１３日間、２６００キロの旅は
とうとうゴールへ！
入来《いりき》峠《とうげ》の下に鹿児島《かごしま》の街並みが見える。
「ゴン太、ホラッ！」シマくんの指さす先には、
桜島《さくらじま》がくっきりと美しい姿《すがた》を見せていたんだ。

馬の
ゴン太の
大冒険

島崎保久 著
Lara 絵

小学館

プロローグ

吾輩《わがはい》は馬である。名前は……あったんだよ！　万秋《ばんしゅう》2号っていう立派《りっぱ》な名前が。それをゴン太だなんて……！

ボクが生まれ育ったのは、北海道《ほっかいどう》の函館郊外《はこだてこうがい》の牧場なんだ。北海道《ほっかいどう》で生まれ育った人のことを「道産子《どさんこ》」って呼《よ》ぶけど、その語源《ごげん》はボクたち馬の道産子《どさんこ》で、ボクたちは純粋《じゅんすい》な日本在来馬《ざいらいば》なんだ。身長はふつうの馬の1メートル60センチ前後にくらべ、せいぜい1メートル30センチでロバぐらいかな。それにふつうの馬より脚《あし》が短いし、首なんかも太い。昔の武将《ぶしょう》たちも、ボクらの先祖《せんぞ》に乗っていたっていうから、由緒《ゆいしょ》ある日本の馬なんだよ。ボクは4才。人間でいうと16才ぐらいかな？　ボクが暮《く》らしてたのは『高坂牧場《たかさかぼくじょう》』というところだけど、2才まではお母さんと一緒《いっしょ》だったんだ。

ボクのお母さんの名前は「万秋《ばんしゅう》1号」。ボクはその息子だから「万秋《ばんしゅう》2号」って名づけられたんだ。馬の家族では、お父さんはそばにいなくて、子育てはお母さんの役目なんだ。津軽海峡《つがるかいきょう》が見えるタンポポの咲《さ》きほこる丘《おか》の上で、お母さんはいろんな話をしてくれた。

「この海を渡《わた》るとね、本州《ほんしゅう》といって、北海道《ほっかいどう》よりもずっと大きい島があるの。その先にある島が九州《きゅうしゅう》。そこはね、北海道《ほっかいどう》と違《ちが》って、冬でもあったかいのよ。いつか、一緒《いっしょ》に行ってみたいわね」

あれは、ボクが2才の秋だった。ボクは仲間たちと牧場から離《はな》れた放牧地で遊んでいた。「ヒヒ〜ン！」、突然《とつぜん》、遠くから聞こえてきたお母さんの悲しそうな泣き声。ボクは走った。牧場めがけて一目散《いちもくさん》に走った。そして、牧場の目の前で目にしたのは、砂煙《すなけむり》をあげて走り去るトラックだった。

すっぽりと囲いがかけられているから中は見えない。でも、乗っているのは絶対《ぜったい》にお母さんだ。

「お母さん！　ボクを残してどこへ行くの！」、追いかけようとしたボクを止めたのは、牧場のオーナーの高坂《たかさか》さんだった。ボクの首を抱《だ》きしめ、泣きさけぶボクの耳元で高坂《たかさか》さんは話し始めた。

「本州《ほんしゅう》に富士山《ふじさん》という高い山があって、そのふもとの芦ノ湖《あしのこ》という湖の近くの農家が、お母さんに働いてほしいと申《もう》し込《こ》んできただよ。〝会うと別れがつらい〟とお母さんは言っただ。だから、別れを告げずに去った。〝離《はな》ればなれになっても、お母さんはずっとあなたの幸せを祈《いの》ってるわ〟、そう伝えてほしいと言ってただ。いつか、また、会える。泣くな、男の子だべ！」

そんなの無理だよ。ボクは泣いた。次の日も、その次の日も。だって、突然《とつぜん》の別れなんて信じられないよ。でもね、仲間たちは一生懸命《いっしょうけんめい》、なぐさめてくれた。そうだ、いつまでもクヨクヨしてちゃいけないんだ。それはお母さんが悲しむことだもん。元気に大きくなって立派《りっぱ》に成長したボクの姿《すがた》をいつか見てもらおう。

5章

ゴン太、恋をする!?

～近畿《きんき》・中国編《ちゅうごくへん》

6章

ふたり一緒《いっしょ》なら、やりとげられる

～九州編《きゅうしゅうへん》

エピローグ

1章

突然《とつぜん》始まったふたり旅
～北海道編《ほっかいどうへん》

おかしな学生がやってきた！

あの日から2年。ボクは毎日のように牧場で仲間たちと遊んでいた。

「来年はボクも一人前《いちにんまえ》の働き手として、どっかの農家に雇《やと》われるんだろうなぁ。それなら、お母さんの近くがいいんだけど……」

そんなことを思ってたボクの前にオーナーの高坂《たかさか》さんに連れられ、ひとりの若者があらわれた。東京《とうきょう》の学生で、シマくん。学校では冒険部《ぼうけんぶ》に入っていて「これまで、自転車で日本縦断《じゅうだん》をした人はいるんですけど、馬でっていうのは初めてなんですよ。ボクのモットウは〝人のやれないことをやれ！〟です。ぜひ、馬をゆずってください」と高坂《たかさか》さんに頼《たの》みこんでいる。

「この馬なんかどうだべ？」、高坂《たかさか》さんがボクを指さす。「男馬で4才。元気があってパワーのある馬っこだよ。名前は万秋《ばんしゅう》2号だ」。

「バンシュー？　万に秋？　この馬、万秋《ばんしゅう》2号っていうんですか⁉」、シマくん、笑いだした。

「顔はでかくてとぼけてるし、〝秋〟という風流な字とはほど遠い。よ～し、オレが名前を決めてやる！　お前の名はゴン太！　ゴン太に決定！」

　ゴン太？　イヤだよ、そんな名前。

　でもさ、ボクは名前はどうでもほこり高い馬さ。キミは今日からボクの飼《か》い主《ぬし》になるわけだし、ゴン太でがまんする。そして、キミのことはシマくんって呼《よ》ぶよ。それにさ、日本縦断《じゅうだん》っていうことは芦ノ湖《あしのこ》へも行くよね？　2年ぶりにお母さんに会えるかもしれない。

　ところが……高坂《たかさか》さんが「ということは当然、馬っ子に乗ったことはあるだか？」と聞くと、シマくんの答えは「ありません！」。これには高坂《たかさか》さん、ポカ～ンとした表情《ひょうじょう》。それでも続けて質問《しつもん》。

「たとえばだ、馬っ子は何をば食べる？」

「草でしょう」

「それから？」

「知りません」

　乗馬の経験《けいけん》もないし、馬についての知識《ちしき》もゼロなんだよ。それなのに北海道《ほっかいどう》から鹿児島《かごしま》まで馬に乗って旅行する？　ねっ？　びっくり！だよね。

「馬についての知識《ちしき》はゼロですけど、どういう馬を相棒《あいぼう》に選び、旅行の季節はいつがいいかとかは調べてきました。競走馬とかで走ってるサラブレッドは脚《あし》が細くてかっこいいけど、でもその脚《あし》は〝ガラスの脚《あし》〟と言われていてすぐ骨折《こっせつ》したりするんですよね。だから足首が強くて、骨折《こっせつ》なんかめったにしない道産子《どさんこ》を選びました。

季節も、馬って寒さには強いんですけど、暑さには弱いんですよね。だから、夏場に旅行すると馬がバテてしまう。寒いのはボクがつらいけど、でもいろんな物を着ればいいんです。大切なのは馬がバテないことです。だから、10月に出発し、来年の3月到着《とうちゃく》予定のプランをたてたんです」

シマくんのこの言葉に、今度は高坂《たかさか》さん「兄ちゃん、少しは考えてんだなぁ」と見直した表情《ひょうじょう》。でも「乗馬の練習や馬についての知識《ちしき》は北海道《ほっかいどう》に行き、じっさいにその馬と生活しながら学べばいいやというのがボクの考えです。そのための時間をボクは1週間取りました」には「1週間で覚える？　無鉄砲《むてっぽう》だべ」と、完全にあきれ顔。

「大丈夫《だいじょうぶ》！　やる気があれば何でもできるんです。函館《はこだて》市役所《しやくしょ》で紹介《しょうかい》されて高坂《たかさか》さんのところに来たのも運命です。今晩《こんばん》からよろしく！」

シマくん、そのまま、高坂《たかさか》さんの家に泊《と》まりこんでしまったんだ。

乗馬練習スタート

翌日《よくじつ》から高坂《たかさか》さんの指導《しどう》で、ボクを相手にシマくんの乗馬練習が始まった。

これがもう、たいへん！　だってボクは昨日まで牧場を走りまわっていて、人を乗っけた経験《けいけん》なんてゼロ。シマくんも馬に乗った経験《けいけん》ゼロ。それだけで、たいへんさが想像《そうぞう》できるでしょ？　馬に乗るには、まず、馬の背《せ》に鞍《くら》を置き、その鞍《くら》を固定するために腹帯《はらおび》をしめるんだ。ボクにとっては鞍《くら》も腹帯《はらおび》も初めての経験《けいけん》だ。背中《せなか》に鞍《くら》が置かれた。うん！　これは別にどうってことないや。

「兄ちゃん、オラが馬っ子の首を持ってたるだで、腹帯《はらおび》、つけてみろや」と、高坂《たかさか》さん。

ボクのお腹《なか》に帯《おび》をまわし、ギュゥ！としめあげるシマくん。

「ギャ〜！　苦しい！」、ボクは後ろ脚《あし》をけり上げ、飛びはねた。だって、お腹《なか》に帯《おび》が食いこみ、気持ち悪いんだもん。ボクの後ろ脚《あし》げりに「うわぁ！」、あわてて横にすっ飛んだシマくん。

「怖《こわ》がってちゃダメだ！」高坂《たかさか》さんにどなられてもう一度。またもや、ボクの後ろ脚《あし》キック。

「うわぁ！　ゴン太、やめろ！　すみません、高坂《たかさか》さん。後ろ脚《あし》も持っててくれませんか？」

高坂《たかさか》さん、あきれ顔で「後ろにはけっても、横にはけれねえんだよ、馬っ子の脚《あし》は。大《だい》丈夫《じょうぶ》だから早くやんな」。シマくん、やっとボクの腹帯《はらおび》をしめたけど、さっきよりはずいぶんゆるめだ。これならボクもがまんできる。

「よしっ！　次はアブミ（馬に乗ったとき、両足をかけるための鉄製《てっせい》の馬具）に左足をかける。そして左手で馬っ子のたて髪《がみ》を持ち、ひょい！と鞍《くら》の上に乗るだ。塀《へい》を乗り越《こ》えるときの要領《ようりょう》だ」

「わかりました！」

左足をアブミにかけたシマくん。ひょい！とボクの背中《せなか》に乗っかってくると思ったら、ドスン！「痛《いて》え～！」。地面に転げ落ちた。腹帯《はらおび》がゆるく、左足を乗せたとたんにアブミがずり下がったのだ。

「だめだぁ、腹帯《はらおび》をしっかりとしめねぇと。ゆるいと絶対《ぜったい》にずり落ちる。ズボンのベルトだってそうだべ。きつくしめねぇとだめだ」

今度はシマくん、思いっきり、腹帯《はらおび》をギュッ！　痛《いた》～い！　でも、また、転げ落ちちゃうとかわいそうだから、ボク、がまんするよ！

「進め！のときは、両足で馬っ子のわき腹《ばら》をちょこっとけるだ。止まれ！のときは手綱《たづな》を引っぱる。わかっただか？」

やっとボクの背中《せなか》にまたがったシマくんに、高坂《たかさか》さんの声。

「わかりました！」

シマくん、ボクのわき腹《ばら》を両足で思いっきり、バシン！

「な、何するんだよ！」

その痛《いた》さにボクは前脚《あし》から飛び上がり、シマくんは顔面《がんめん》から地面にふり落とされた。

「ちょこん！とけると言ったべ！　そんなに強くけったら、馬っ子が驚《おどろ》くのは当たり前だ」

鼻の頭をすりむいたシマくんを助け起こしながら注意をする高坂《たかさか》さん。

3日後にはボクの背《せ》に乗り、練習の旅に出るというシマくん。こんな調子で本当に大丈《だいじょう》夫《ぶ》？

3日間の試し旅行

カウボーイハットのかわりに麦わら帽子《ぼうし》をかぶり、ブルージーンズの上下と、遠くから見るとウエスタンスタイルでキメてるシマくんだけど、近づいて顔を見た人は思わず噴《ふ》き出しちゃうよ。だってさ、顔中、傷《きず》だらけなんだもん。

3日間、ボクは、ボクの背《せ》に乗ったシマくんを何十回もふり落とし、そのたびにシマくんの顔には傷《きず》が増《ふ》えていった。

「ふり落とすゴン太が悪い！」、みんなはそう言うかもしれないけど、ちょっと待った！ ボクはこれまで人なんか乗せたことはなかったし、だから、シマくんに手綱《たづな》をギュッ！と引っぱられたりすると、つい、前脚《あし》で立ち上がってしまったりするんだ。シマくんもさぁ、少しはがまんすればいいのに、運動神経《うんどうしんけい》がにぶいのかなぁ、すぐ、スッテンコロリン！ 転んでしまうんだ。


ふたりの仲がどんどん悪くなっていく中での3日間の旅。函館市《はこだてし》のお隣《となり》、北斗市《ほくとし》の大野《おおの》地区《ちく》にある高坂《たかさか》さんの家を朝8時に出発。「ゴン太、頼《たの》むぞ！」、ボクの背《せ》に乗るシマくん、今日は、これまでと違《ちが》って、ボクのたて髪《がみ》をなでてくれるし、かなりの友好ムード。「よ～し、ボクもふり落とさないよう、しっかりと歩くぞ！」と思ったとたん、細い道から出たのは国道。何、この車の量は！ ボク、ずっと牧場にいたから、こんなに車の多いのって初めてだよ。

うわぁ〜！　大型トラックが前から来る！　怖《こわ》いよ〜！

ボクが飛び上がれば、当然、シマくんは落っこちる。ほっぺたにドロをくっつけて起き上がったシマくん、ボクをにらみつけた。せっかくの友好ムードは一瞬《いっしゅん》にして消えてしまった。でもね、何とか、3日間の旅を続けられたのは、旅先でお世話になったみなさんのおかげなんだ。

旅のコースは大野地区《おおのちく》から上磯地区《かみいそちく》や茂辺地《もへじ》を通り、あの有名なトラピスト修道院《しゅうどういん》がある当別《とうべつ》へ。そこから檜山郡《ひやまぐん》に入り上ノ国町《かみのくにちょう》をぬけて、最初の夜は江差町《えさしちょう》のユースホステル泊《ど》まり。2日目は、高坂《たかさか》さんの知人の厚沢部町《あっさぶちょう》の中山《なかやま》さんの家に泊《と》めてもらい、3日目、木間内《きまない》から中山峠《なかやまとうげ》を越《こ》えて、高坂《たかさか》牧場へ戻《もど》った。

この3日間でシマくんも以前のようにボクの背《せ》から落っこちなくなった。左右の太ももでしっかりとボクのわき腹《ばら》をはさむことを覚えたんだ。ただ、ボクが歩くたびに太ももがこすれて皮がむけ、真っ赤っか。ジーンズの太ももの部分がすり切れて完全にほころびてしまったんだ。

ボクの背《せ》から降《お》り、顔をしかめながらガニ股《また》で歩くシマくんを見ると、ちょっぴり「かわいそうだなぁ！」って思うんだけど、シマくんは同情《どうじょう》するボクに「お前のせいだ！」だもん。がっかりだよ。

シマくん、しかられる

シマくん、高坂《たかさか》さんの家に戻《もど》ると、さっそく3日間の報告《ほうこく》をした。

「オラの教えは守っただか？」と高坂《たかさか》さん。

「バッチリ！です。『馬には早朝、昼、夕方、夜中の4回カイバ（馬や牛のごはん）をやること。カイバは草だけではダメ。穀類《こくるい》も食べさせること。それに塩分もまぜてやること。馬はときどき、休ませること。馬は一日中歩くと、すごい汗《あせ》をかくので、その日の目的地に着いたら、体をワラでこすってやること。とにかく馬をかわいがること。足首は一番疲《つか》れる場所なので、充分《じゅうぶん》にワラでこすってやること』、これらのことは全部、守りました」

「自分で全部、やったんだな？」

「いや、あの……」

うそをついちゃダメ。正直に言いなよ。ボクをチラッと見たシマくん。

「カイバ作りとか、体をこするのはほかの人がやってくれたんです。いや、ボクは自分でやろうとしたんですよ。でもね〝こういうふうにやるんだよ。教えてあげるよ〟ってみんな親切にやってくれたんです。いやぁ、人に迷惑《めいわく》をかけたくないから、ボクは必死で自分でやろうとしたんですけどね」

高坂《たかさか》さんのうたがわしそうな目。たしかに江差《えさし》でも、厚沢部《あっさぶ》でも、近所の人たちがものめずらしそうに集まってきて、ボクの世話を全部してくれた。そうじゃなかったら、ボクの体は汗《あせ》だらけになったままだったと思う。だってシマくん、3日目の朝、ボクにこう言ったんだよ。

「いやぁ、みなさんに親切にしてもらって助かったよ。オレひとりだったら、体なんて絶《ぜっ》対《たい》にふかないね。そんなぜいたくなこと、誰《だれ》がしてやるもんか！」

ひどくない？　これ。高坂《たかさか》さんに言いつけてやろうと思ったら、シマくん、ほかのことで、こっぴどく怒《おこ》られたんだ。

「馬っ子には、たっぷり水を飲ませてやるというのも教えたな？」と高坂《たかさか》さん。

「ええ、ちゃんと！　1日に何回か、水をやりました。ただねぇ……」

「ただねぇ……って何だべ？」

「あのう……馬ってドロ水を飲んでも平気なんですか？」

高坂《たかさか》さんのこめかみが、ピクッと動いた。

「飲ましたんだか?」

「いや……飲ませたわけではなくて、つまり、その、アッという間に飲んじゃったというか……」

「バカモン!」

高坂《たかさか》さんのどなり声が響《ひび》く。

シマくんの言葉だとボクが勝手にドロ水を飲んだみたいだけど、違《ちが》うんだ。旅の途中《とちゅう》の砂利道《じゃりみち》で、ボクは足をすべらせてしまい、シマくん、久しぶりにスッテンコロリンしたんだ。腰《こし》をさすりながら起き上がったシマくん、「罰《ばっ》だ! 今日の昼間は水飲み禁止《きんし》!」。

そんなぁ!! シマくんを乗っけて歩くんだよ。汗《あせ》はかくし、のどはかわくし、とうとう、がまんできずにドロ水を飲んじゃったんだ。

高坂《たかさか》さんの説教は続く。

「馬っ子も人間も、生きてるものはみな同じだ。兄ちゃん、ドロ水を自分で飲めるか? 飲めねぇべ。馬っ子も同じだ。ドロ水なんてまずくて、ふつうは飲まねぇ。でも、のどがかわいてどうしようもなく、かといって人間が水を飲ませてくれねぇから、しかたなくド口水を飲むだよ。ああ、オラ、馬っ子がかわいそうで涙《なみだ》が出てくるだよ。こんなこって、鹿児島《かごしま》まで無事に行けっかなぁ……」

さすがにションボリのシマくん。この調子じゃ、無理だと思うよ。ボクも富士山《ふじさん》の近くにいるお母さんに会うのはあきらめるからさ、シマくん、キミもあきらめて東京《とうきょう》に帰ったら？

その夜、シマくんがボクの馬小屋にやってきた。お別れを言いに来たのかな？

「ゴン太、オレは絶対《ぜったい》、鹿児島《かごしま》に行くからな！　以上、報告《ほうこく》、終わり！」

イヤだなあ、やっぱり行くみたいだよ。

いきなり港でストップ

「さ、寒～い！」。ボクの横でブルブルふるえてるシマくん。

10月23日夜12時。ボクとシマくんは函館《はこだて》から本州《ほんしゅう》の青森《あおもり》へ向かう貨物船の甲板《かんぱん》にいた。

夜の津軽海峡《つがるかいきょう》って、真っ暗で何も見えないし、潮風《しおかぜ》が吹《ふ》きつけてくる。北海道《ほっかいどう》育ちのボクは寒さに強いから平気だけど、南国《なんごく》、紀伊半島《きいはんとう》で育ったシマくんには、この寒さ、こたえるよね。

3日間の道南《どうなん》旅行を終えると、いよいよ、鹿児島《かごしま》にむけての旅がスタートしたんだ。まずは函館《はこだて》から青森《あおもり》までだけど、津軽海峡《つがるかいきょう》を渡《わた》るフェリーは馬のボクを乗っけてくれない。トラックに積んでならいいらしいんだけど、すごいお金がかかる。貧乏《びんぼう》旅行のシマくんには無理なんだよね。シマくん、函館港《はこだてこう》に行って、小さな貨物船の船長さんたちに「馬を乗っけてください」と頼むことにした。でもね、「乗せない規則《きそく》になってるんだ。馬なんか乗せて、もしものことがあると大変だからなぁ」と答えはすべてノー。

「ゴン太、今日もだめだったよ」

夕方、がっくりと肩《かた》を落として帰ってくるシマくん。やっと、3日目に救いの神があらわれたんだ。貨物船の船長さんが「冒険《ぼうけん》旅行か！　おもしれえな。協力すっぺ」とOKしてくれたんだって。

午後1時、大急ぎで高坂《たかさか》さんの家に戻《もど》ったシマくん、「今夜10時の出航なので、すぐ出発します！」

「あわただしすぎねえか？」、あきれ顔の高坂《たかさか》さん。

そんな言葉も気にせず、「ゴン太、行くぞ！」。ボクの背中《せなか》に乗るシマくん。高坂《たかさか》さんの家から函館港《はこだてこう》まで時速4キロ、人間と同じくらいの、のんびり歩きで、国道わきの道を進むボク。

「さぁ、ゴン太！　オレの夢《ゆめ》が今日からスタートだ！」

興奮気味《こうふんぎみ》のシマくん、なぜ、日本縦断《じゅうだん》馬旅行をやろうと思ったのかをボクに話し出した。

「オレ、馬に乗ってみたくてさ。でも全然、そんな機会がなかったんだ。学校では旅と冒《ぼう》険《けん》が好きだから冒険部《ぼうけんぶ》に入った。無人島探検《むじんとうたんけん》とかやったんだけど、夢《ゆめ》だった馬に乗って、冒険《ぼうけん》ができないかな？と思ったんだよ。調べてみたら、自転車で日本縦断《じゅうだん》をした人はいるけど、馬では誰《だれ》もやったことがない！　じゃあオレがやってやる！って決心したんだ」

ふ〜ん。じゃあ、ボクもその夢《ゆめ》の実現《じつげん》に協力するか！　シマくんの計画だと、北海道《ほっかいどう》から鹿児島《かごしま》までは2600キロメートルで、1日30キロメートル進めば、休日を入れてもだいたい120日。函館《はこだて》を10月に出発し、3月に鹿児島《かごしま》に着く。

「30キロなんて、車なら1時間なんだけどなぁ。ゴン太、お前も脚《あし》は太くて短くても一応《いちおう》は馬だろ？　時速30キロで走ってみる？　そうすれば、10日間くらいで鹿児島《かごしま》に着いちゃうんだけどなぁ」

バカなこと言わないでよ！　ボクは体重55キログラムのシマくんと、馬具や荷物、カイバの入った袋《ふくろ》など、計100キログラム近くを乗っけてるんだよ。時速30キロメートルなんかで走ったら、10分もしないでバテちゃうよ。

空中サーカス、初体験!?

シマくんを乗っけて、ポックリポックリと歩きながら函館港《はこだてこう》に着いたのは夜の8時。高《たか》坂《さか》さんも車で先まわりし、見送りに来てくれていた。「さぁ、ゴン太、この板の上を歩いて、船に乗れ」とシマくん。

エ～ッ！　岸壁《がんぺき》と船の間に長い板が渡《わた》されてるけど、船がゆれてるから、板もすごく不安定だ。こんなの怖《こわ》くて渡《わた》れないよ！　イヤだ！　板の下は暗い海。落っこちたらどうするんだよ！

必死に抵抗《ていこう》するボク。それを見て船長さんが「仕方ねぇ、クレーンでつり上げて乗っけるか」。

ク、クレーン!?　もっとひどいよ。

高坂《たかさか》さんが「大丈夫《だいじょうぶ》だ、怖《こわ》くねえから」、ボクの頭をやさしく何回もなでてくれる。高《たか》坂《さか》さんの愛情《あいじょう》がジーンと伝わってくる。うん、ボク、怖《こわ》くない。富士山《ふじさん》のふもとまで行ってお母さんに会うんだもん。クレーンくらいがまんしないとね。高坂《たかさか》さんに勇気づけられ、クレーンに挑戦《ちょうせん》したボク。

うわ～っ！　体が持ち上げられちゃった！　やっぱり怖《こわ》～い！　早く船に降《お》ろして！

ボクがブルブルふるえているのに、シマくん「すご～い！　馬の空中サーカスだ！」、手をたたいて喜んでいる。キミは本当、ムカつくよ。

ボクが甲板《かんぱん》に降《お》ろされると、高坂《たかさか》さんがシマくんに「兄ちゃん、どこに寝《ね》るだ？」と聞く。

「もちろん、ゴン太と一緒《いっしょ》に甲板《かんぱん》で寝《ね》ます。だって、ゴン太だけじゃさびしいでしょうし、ゴン太にもしものことがないように見守ってあげないといけませんからね」

高坂《たかさか》さん、「兄ちゃん、エライ！　その気持ちを忘《わす》れるでねえぞ」、シマくんの手を握《にぎ》りしめている。

夜10時、貨物船は出航。暗い黒い海。星ひとつない空。ぶつかり、はねかえる波しぶき。シマくんがそばにいてくれてよかった。ボクひとりだとさびしくて絶対《ぜったい》に泣いちゃったと思う。シマくん、一緒《いっしょ》にいてくれてありがとう！　さっきの「空中サーカス」の言葉は許《ゆる》してあげるね。

そのシマくん「寒～い！」とさけびながら、合間に何か、ブツブツ、ひとりごとを言っている。ボクの体温であたためてやろうと体を寄《よ》せると、言っていることがはっきりと聞こえた。

「オレは船員さんたちと、あったかい寝室《しんしつ》で寝《ね》るつもりだったのに……。だけど高坂《たかさか》さんにそんなことを言ったら、また〝バカモン！〟って怒《おこ》られちゃうよ。だから〝ボクも甲板《かんぱん》で〟って言ったら〝エライ！〟って、手を握《にぎ》って。あそこまで感激《かんげき》されると、甲板《かんぱん》に寝《ね》るしかないもんなぁ……」

あ～あ、これだもん。ボクのほうも、感謝《かんしゃ》して損《そん》しちゃったよ。「寒～い！」、ボクだってクレーンにつり上げられてブルブルとふるえてたんだから、おあいこさ。

2 章

まだこの先、長いなぁ

〜東北編《とうほくへん》

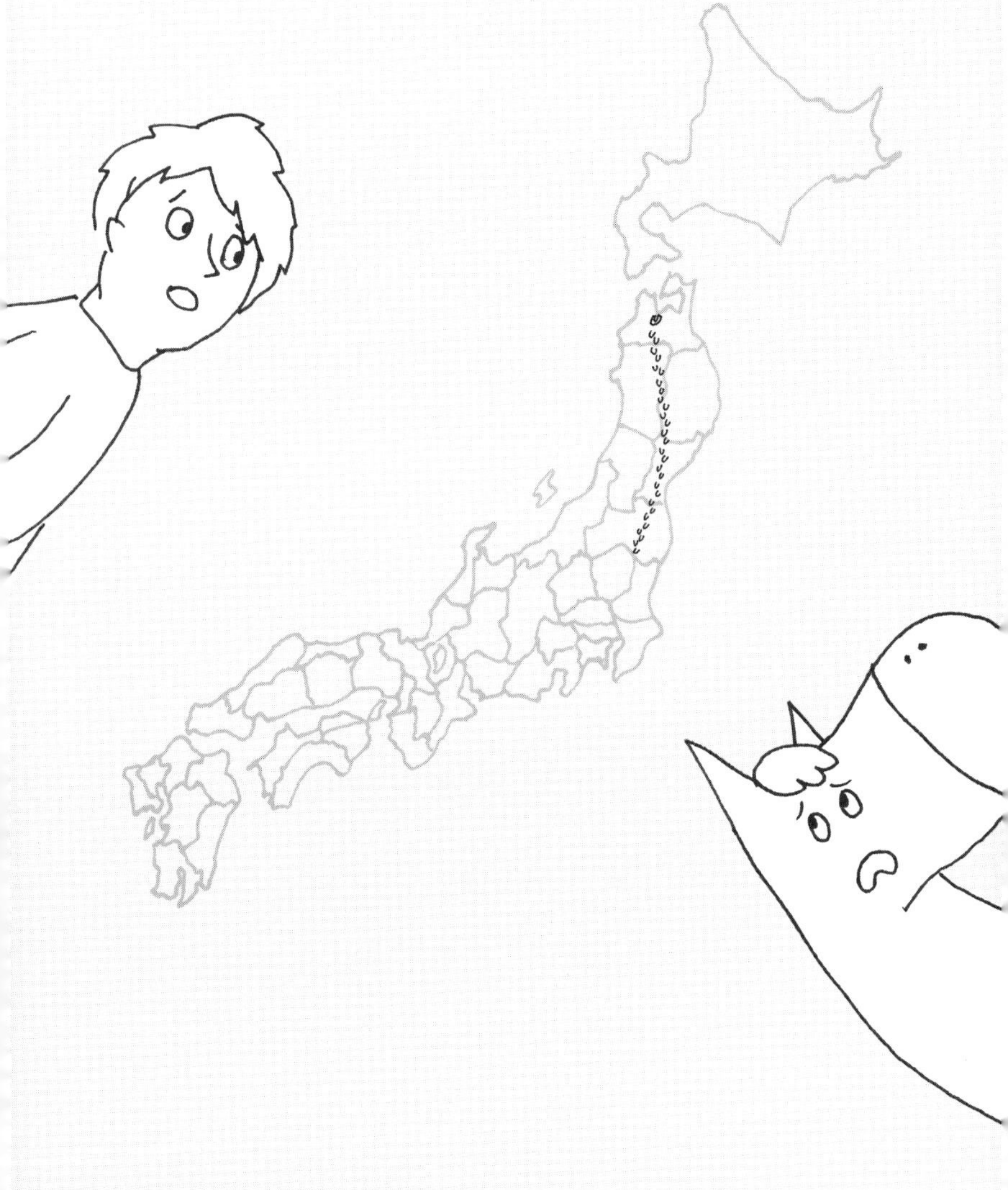

本州《ほんしゅう》への第一歩

10月24日朝6時。貨物船は8時間の航海を終えて、青森《あおもり》に着いた。本州《ほんしゅう》への第一歩だ。ボクはまたもや、クレーンでつり上げられて上陸。シマくんが船のバケツを借りて、ボクの朝ごはんを作ってくれる。ワラをこまかく切り、それをフスマ（小麦を挽《ひ》いたときに出る皮の部分の粉）とまぜて食べるんだ。出発前、3食分を高坂《たかさか》さんが用意してくれたので、今夜までは大丈夫《だいじょうぶ》。人間は1日3食がふつうだけど、ボクたち馬は、朝、昼、夜、夜中と1日4食なんだ。1回の食事時間は約1時間。ゆっくりと何回もかみながら食べるのは人間も馬も健康のために必要なことなんだよ。

でも、シマくんは小学校のときから給食の早食い競争ではナンバーワンだったらしく、「早く食べろ！」とボクをせかす。

そこへ、港の近くの魚市場に買い出しに来た魚屋さんたちが「馬がいるべ！」とものめずらしそうに集まってきて、シマくんに「朝メシ、まだだべ？」と、パンをくれる。ホラッ！　ボクがゆっくり食べてたおかげで朝食代が節約できただろ！

「がんばれよう！」「気をつけてなぁ！」。7時半、貨物船の船長さんや魚屋さんたちの励《はげ》ましの声の中で、意気揚々《いきようよう》とボクの背中《せなか》にまたがるシマくん。

「ゴン太、今日は青森《あおもり》市内をぬけて、十和田湖《とわだこ》まで行くからな！」

わかった！　まかせといて！

ところが……全然大丈夫《だいじょうぶ》じゃなかった！　市内の中心地に入ったら、朝のすごい車のラッシュ！　こんなの初めてだよ、怖《こわ》〜い！　前に進めないボク。「歩け！」「イヤだ！」、ボクは必死に抵抗《ていこう》した。

20分後、「仕方ないか、遠まわりでも……」、シマくん、大通りをあきらめ、車の通らない裏通《うらどお》りを選びながら進む。市内を通りぬけるとあとは一本道。車もそれほど多くない。

ただ、ここまで時間を使いすぎてしまい、今日中に十和田湖《とわだこ》に着くのは無理みたいだ。

「ゴン太、十和田湖《とわだこ》までの途中《とちゅう》に、酸ケ湯温泉《すかゆおんせん》があるから、今日はそこで泊《と》まるぞ」とシマくん。

いいなぁ、温泉《おんせん》！　ボクたち、馬って温泉《おんせん》が好きなんだ。ケガをした競走馬なんか、温泉《おんせん》に入って治療《ちりょう》するんだよ。ワクワク気分で夕方、酸ケ湯温泉《すかゆおんせん》に到着《とうちゃく》。ここは今から300年以上前、鹿《しか》が傷《きず》を治すため、この温泉《おんせん》に入っているのを猟師《りょうし》さんが発見し、それから温泉場《おんせんば》として知られるようになったんだって。ただ、山の中なので、周囲に民家はなく、温泉宿《おんせんやど》が1軒《けん》あるだけ。

シマくん、旅館の前の空き地にボクをつなぎ「オレは旅館で寝《ね》るから、ゴン太、お前はこの空き地で寝《ね》ろ。草もいっぱい生えてるし、夜食はこの草でいいだろ」。

うっそ～！　ひとりだけ温泉《おんせん》に入るの？　ボクだって汗《あせ》だらけなんだよ。シマくん、高《たか》坂《さか》さんから出発前、言われたよね。「夕方、目的地に着いたら、ワラか、ブラシで馬っこの体をマッサージしてやること」って。温泉《おんせん》がだめなら、マッサージしてよ！

「マッサージかぁ……めんどくさいから、本日は取りやめ！」

エ～ッ！　ここまで自分勝手なやつだとは思わなかった。その夜、ボクは決心した。

「こんな旅行、やめてやる！」

決死《けっし》の大逃亡《だいとうぼう》

真夜中の酸《す》ヶ《か》湯《ゆ》温泉《おんせん》。旅館の明かりも消え、まわりは山ばっかりで真っ暗。空き地につながれたひとりぼっちのボク。怖《こわ》くて、さびしくて、草を食べる気にもならない。

「お母さ～ん！」、真っ暗な空にむかってさけんでみたけど、シーンとして何も返ってこない。無理だよね。こんな山の中だもん、ボクの声がお母さんにとどくわけないよ。今、ボクの知ってる人で一番近くにいるのはシマくん。そのシマくんはボクのことなんかほったらかして、旅館の中でスヤスヤと寝《ね》てるはずだ。2番目に近くにいるのは？　ボクが生まれ育った函館《はこだて》の牧場のオーナー、高坂《たかさか》さんだ。ボクに思いっきり愛情《あいじょう》をそそいでくれた高坂《たかさか》さん。そうだ！　高坂《たかさか》さんのところへ帰ろう！　ボクをこんなところにひとりぼっちにして、自分勝手なシマくんなんか大嫌《だいきら》いだ。夜が明けたら逃《に》げる！　シマくん、短いつきあいだったけど、さようなら。

夜が明けた6時ごろ、「函館《はこだて》はあの山のむこうかな？」、ボクは空き地の枝《えだ》につながれていた綱《つな》を食いちぎり、山の中へと入っていった。そして……それからのことは、シマくんが毎日、つけている旅日記を紹介《しょうかい》するよ。シマくんのあわてぶりがわかっておもしろいよ。

朝食前にちょっくら、ゴン太のようすを見にいってやる。ありゃりゃ！　ボクは自分の顔がまっ青になるのを感じた。いないのだ！　ゴン太がいないのである。木につないでおいたのだが、綱《つな》が食いちぎられている。いそいで旅館の売店にかけこんだ。

「あ、あのう、馬を見なかったですか？」

「馬？」

「そうです。ロバぐらいの馬」

旅館の前のベンチに腰《こし》かけてる人たちにも、かたっぱしから聞いてみたけど、みんな知らないと言う。どうも、明け方、人の起きる前に逃《に》げてしまったらしい。どうしよう。まわりの四方《しほう》は山、また、山。どこへ行ったか、見当《けんとう》もつかない。

ゴン太の野郎《やろう》、何も逃《に》げることはないだろう。しかも、よりによってこんな山の中で。いや、グチを言っても始まらない。とにかく捜《さが》すことだ。ボクは、あてもなく山の中に入っていった。

1時間、2時間……いない！　草をかきわけ、藪《やぶ》をかきわけて進むが、ゴン太はいないのだ。いったいどこへ行ったんだ。出てこい、ゴン太！

3時間、4時間……朝から何も食べてないけど、空腹感《くうふくかん》なんてまったくなし。心の中は不安とあせりでいっぱいだ。それにしても腹《はら》が立つのはゴン太の野郎《やろう》だ。でもまぁ、あいつが逃《に》げだす気持ちも少しはわかる。まだ、ボクにもなついてないし、ボクもかわいがってやらなかったもんなぁ。

ああ、ゴン太が見つからなかったらどうしよう。でもなぁ、本州《ほんしゅう》1日目に、馬に逃《に》げられましたので、この旅行は中止にしましたなんて、ノコノコ帰ることはできない。

5時間、6時間……時間はどんどんすぎていく。この旅はボクの夢《ゆめ》だった。その夢《ゆめ》が、こんなことでくだかれてたまるか！　あきらめかける自分の心に「捜《さが》せ！　捜《さが》すんだ！」と言いきかせた。

7時間たった午後3時。ぐったりしていたボクの50メートルばかり先の笹薮《ささやぶ》が、ちょこっと動いた。

「もしや、ゴン太では！」、急いで近づくボク。いた！　ゴン太がいた！

「ゴン太！」

ボクの顔を見て逃《に》げだすゴン太。ここで逃《に》げられてたまるか！　こっちは必死だ。幸い、笹《ささ》や木がじゃまをして、ゴン太は全力疾走《ぜんりょくしっそう》できない。追いつき、首にしがみついた、ゴン太はボクの手をふりほどくように、首をはげしく動かしながら走る。放してたまるか！　木の枝《えだ》が腰《こし》をつっつき、葉っぱが顔をこする。放すもんか！　放してたまるか！　30メートルばかり、ボクを引っぱって走ったが、やっとあきらめたのか、ゴン太は止まった。

「ゴン太……おまえ、よくも、よくも、ここにいてくれたなぁ。よくも……よくも……」

ゴン太の首を抱《だ》くボクの目からは、涙《なみだ》があふれ出た。夕ぐれの空がぼやけて見えた。赤くそまった雲がやけにゆっくりと流れていた。

ガブリ！作戦

酸ヶ湯温泉《すかゆおんせん》で逃亡《とうぼう》に失敗したボク。「絶対《ぜったい》に見つけて、つかまえるぞ！」というシマくんの執念《しゅうねん》に負けてしまったみたいだ。仕方ない、逃亡《とうぼう》はあきらめて、シマくんの夢《ゆめ》の実現《じつげん》に協力するよ。ただ、ちょっとシャクだよね。ふんぎりをつけるため「さぁ、ゴン太、今日中に行けるとこまで行くぞ」と、ボクの背《せ》に乗ろうとするシマくんの肩《かた》を、ガブッ！と、かんでやった。

「い、痛《いた》い！ 何するんだ！」、飛び上がるシマくん。あ〜、スッキリした！

シマくん、注意してよ！ これからも「いいかげんにしてよ！」と思うときは、ガブリ！といくからね。結局、この日は夕方の出発だったので、酸ヶ湯温泉《すかゆおんせん》から、十和田湖《とわだこ》の手前の焼山《やけやま》までしか行けず、シマくんが道端《みちばた》の家で「このへんに、泊《と》めてくれる家はありませんか？」と聞くと、その家のご主人、高淵《たかぶち》さんが、こころよく泊《と》めてくれた。

「今は耕運機《こううんき》があるけんども、昔はオラたちにとって、馬っこが一番、大切なものだっただ。これからなぁ、寒うなるし、鹿児島《かごしま》までなんで、馬っこはてぇへん（大変）だなぁ」

高淵《たかぶち》さん、ボクの体をワラでふいてくれて、カイバも作ってくれた。すごく親切で感激《かんげき》しちゃったよ。シマくん？　ボクを捜《さが》すので疲《つか》れたのか、ボクの世話を高淵《たかぶち》さんにまかせたまま、居間《いま》でうたた寝《ね》。

翌日《よくじつ》は、十和田湖《とわだこ》まで、奥入瀬渓流《おいらせけいりゅう》にそって進む。十和田湖《とわだこ》の休憩所《きゅうけいじょ》に着いたのは午後の3時。さぁ、宿探《やどさが》しだ。4か月の長い旅だし、シマくんの所持金も少ないんだ。酸ケ湯《すかゆ》温泉《おんせん》の場合は、民家がなかったから旅館に泊《と》まるしかなかったけど、昨夜の高淵《たかぶち》さんのように、親切な人の家に泊《と》めてもらうのが一番なんだよね。でも〝馬と人間を両方〟だから、難《むずか》しいよね。シマくん、ボクを連れて何軒《なんげん》かの家に頼《たの》みに行ったけど、ダメだった。

でもね、そんなボクたちのようすを見ていたらしい、遊覧船案内所《ゆうらんせんあんないしょ》の青年、木村《きむら》さんが「オレんとこへ泊《と》まれよ」と声をかけてくれた。納屋《なや》があいていて、ボクの泊《と》まる部屋も大丈夫《だいじょうぶ》。木村《きむら》さん、ボクたち馬の大好物、とうもろこしをたくさん持ってきてくれる。草ばかりだとバテてしまうから、穀類《こくるい》は絶対《ぜったい》に必要なんだよね。ただし、食べすぎると腹痛《ふくつう》を起こして、ひどい場合は死んじゃうんだ。

「体をふいてやらないの？」、ボクの汗だらけの体を見て、木村《きむら》さんがシマくんにたずねる。

「いいんです。逃《に》げた罰《ばつ》ですから」

「罰《ばつ》？」と、けげんそうな表情《ひょうじょう》の木村《きむら》さん。昨日《きのう》のことを、まだ、根に持ってるよ。シマくん、いいかげんにしな！　ガブリッ！　「い、痛《いた》い〜！」、肩《かた》を押《お》さえるシマくん。

「なるほど！　ふいてあげないと、馬からそういう罰《ばつ》を受けるということか！」、納得顔《なっとくがお》の木村《きむら》さん。

「ち、違《ちが》いますよ！」

「とにかく、体はボクがふいておいてやるから、キミは草を刈《か》ってきなよ」

シマくん、近くの原っぱへ草刈《くさか》りに。ボクたちが食べるカイバって、本当はワラをこまかく切って、フスマやとうもろこしなどとまぜるのが一番いいんだ。でも、ワラがある農家以外では野原の草になってしまう。これから冬になるし、草探《くささが》しも大変になると思う。シマくん、こんな調子で大丈夫《だいじょうぶ》なのかな？

「草がないから、ゴン太、今日のお前の食事はパス！」なんて言ったら、また、ガブリだよ！

おまわりさん出動！

十和田湖《とわだこ》では、木村《きむら》さんの「ゆっくり見物していきなよ」という好意に甘《あま》え、2泊《はく》した。

2日もいるとボクとシマくんのことが近所にも知られ、夕方には子どもたちが集まって「馬に乗りたい！」とシマくんに頼《たの》んできた。子どもたちが喜んでくれるなら、ボクは大《だい》丈夫《じょうぶ》。シマくんも「いいよ。今日は遅《おそ》いから、明日の朝、乗っけてあげるね」と、約束している。シマくん、いいところあるじゃない。見直しちゃったよ。ところが翌日《よくじつ》、いつもは6時ごろ起きてくるシマくんが、4時に起きてきて「ゴン太、出発するぞ！」。

エ〜ッ！　子どもたちとの約束は？

「約束？　べつに乗せてあげるのはイヤじゃないけどさ、ひとりひとり乗っけてたら、日が暮《く》れちゃうよ。ただでさえ、冬は日暮《ひぐ》れが早いんだ。子どもたちにつかまる前に出発〜！」

シマくん、大急ぎでボクのカイバを作り、5時には木村《きむら》さんの家を出る。ところが、アレレッ！　家の前で子どもたちが6人、ニコニコ笑ってボクたちを待ちかまえている。シマくん、がっくり！「仕方ないなぁ……」と言いながら、ボクの背《せ》に子どもたちを乗せてあげた。

でもね、はしゃぎまわる子どもたちを見て、シマくん「子どもたちを裏切《うらぎ》らなくてよかったよ」って反省してた。そうだよ、そういう素直《すなお》な気持ちをもたないと、またボクにかみつかれちゃうよ。

十和田湖《とわだこ》をすぎて秋田県《あきたけん》に入り、大湯《おおゆ》、花輪《はなわ》、八幡平《はちまんたい》を通り湯瀬温泉《ゆぜおんせん》へ。花輪《はなわ》では、交番のおまわりさんの紹介《しょうかい》で、家畜保健衛生所《かちくほけんえいせいじょ》に泊《と》めてもらう。所長さんと獣医《じゅうい》さんがボクの体をチェックし、「エライ！　足首も腫《は》れてないし、毛づやもいい。きちんと世話をしているからだよ、今日は、キミは休んでいなさい」とシマくんに言って、ボクの体をふいたり、カイバを作ってくれたりする。

ほめられたシマくん、本当にバツの悪そうな表情《ひょうじょう》だ。そりゃあ、そうだよね。これまでボクの体なんか一度もふいてくれたことがなくて、すべて、泊《と》めてくれた家の人にやってもらってたんだもん。そんなシマくん、次の日には「おまわりさん出動！」の騒動《そうどう》を起こしてしまうんだ。


出発前「う〜ん、日程《にってい》が少し遅《おく》れてるよなぁ。ここから岩手県《いわてけん》の盛岡市《もりおかし》までだって、ずいぶん距離《きょり》があるもんなぁ」、地図を広げて考えこむシマくん。

「そうだ！　ここから岩手山《いわてさん》の山道を越《こ》えると、盛岡《もりおか》はすぐだ！　よしっ、これに決めた！」。それを聞いた所長さん、「岩手山《いわてさん》は雪だよ。あぶないからやめなさい！」と真剣《しんけん》に止める。

「大丈夫《だいじょうぶ》ですよ。この程度《ていど》の山くらい越《こ》えられなきゃ、男とは言えません。行くぞ、ゴン太！」

あぶないよ、シマくん、やめようよ！　でも、言い出したら聞かないもんなぁ。仕方なくシマくんを背《せ》に乗せ、歩いてると1キロも進まないうちにおまわりさんがオートバイで追いかけてきた。

「キミかね、馬で旅行しとるっていうのは？」

「はい、そうです」

どうやら、所長さんが連絡《れんらく》したみたい。

「困《こま》るなぁ、キミ、命がおしくないのかね。岩手山《いわてさん》はすごい雪だぞ。道に迷《まよ》いでもしたらどうするんだ！　八幡平《はちまんたい》から湯瀬《ゆぜ》を通る国道を行きなさい」

「でも、岩手山《いわてさん》を越《こ》えると近いんですけど……」

「何をバカなことを言っとるのかね、キミは！」

おまわりさんに一喝《いっかつ》され、コース変更《へんこう》。成田《なりた》さんという農家を紹介《しょうかい》してもらい、宿も決定した。

心が通じた

湯瀬温泉《ゆぜおんせん》からは、岩手山《いわてさん》越《ご》えではなく、国道を行くことにしたボクとシマくん。

「旅のスケジュールが遅《おく》れてるから、ゴン太、今日は行けるところまで行くぞ！」

夕方5時すぎまで歩いて岩手県《いわてけん》に入り、八幡平市《はちまんたいし》の五日市《いつかいち》の手前まで進む。そこで小さな旅館を見つけ、ボクは旅館の庭の木につながれる。

「逃《に》げるなよ、ゴン太！」、大丈夫《だいじょうぶ》だよ。シマくんと旅を続け、箱根《はこね》でお母さんと会うことに決めたんだから。安心して寝《ね》ていいよ。ボクはお母さんを夢《ゆめ》に見ながら眠《ねむ》るからさ。

おやすみ……。

2時間後、ポツリ……。頭と背中《せなか》をぬらす雨の冷たさで目が覚めた。雨は、だんだん激《はげ》しくなる。

「寒いよ！　風邪《かぜ》ひいちゃうよ！　シマくん、助けて！」

アッ、シマくんが出てきた！　この夜のことはシマくんが、旅日記にこんなふうに書いてたよ。

その夜、ボクは夢《ゆめ》を見た。ゴン太に逃《に》げられる夢《ゆめ》だ。ゴン太！　追いかけるボク。ゴン太の背中《せなか》に羽がはえてきて、ゴン太は、天馬《てんま》となり、空を飛んでいく。「ゴン太！」、ボクは飛び起きた。夢《ゆめ》か……窓《まど》を激《はげ》しく打つ雨の音が聞こえる。旅館の人は大丈夫《だいじょうぶ》だと言っていたが、降《ふ》ってきたのだ。

ボクは急に心配になってきた。夢《ゆめ》といい、この雨といい、もしかすると、また、ゴン太に逃《に》げられたのではないだろうか？　酸ヶ湯温泉《すかゆおんせん》の一件以来、ゴン太をつなぐときは万全《ばんぜん》の注意をはらっているのだが、胸《むな》さわぎがする。ゴン太が雨にぬれるのはどうでもいいけど、逃《に》げられては困《こま》る。そう思って、ボクは外に出た。いた！　ゴン太はいた！　懐中電灯《かいちゅうでんとう》を手に近づくと、光に顔を向けた。

ゴン太の顔は雨でずぶぬれだった。しずくがしたたり落ちていた。それがボクには涙《なみだ》に見えた。ゴン太の悲しい涙《なみだ》に見えた。ボクは、丸太《まるた》ん棒《ぼう》か何かで、思いっきり頭をぶんなぐられたようなショックを受けた。いたたまれなかった。ボクは今まで何というあやまちをおかしてきたんだろう。

「バカヤロ〜！　おまえを、毎日、毎日だぞ。ただ、もくもくと乗っけてきてくれた、この大切なゴン太を雨の中に放りっぱなしにしておいて、おまえだけあったかいふとんに寝《ね》てたのか！　それでもおまえは血のかよった人間か！　ゴン太を見ろ！　ずぶぬれになりながら、文句《もんく》ひとついわず、だまっておまえを見つめながら、泣いてるじゃないか！」

ボクは、雨に打たれながら、自分自身をどなりつけた。自分を責《せ》めた。

「ゴン太、オレが悪かったよ。許《ゆる》してくれ、ゴン太！」

ボクはゴン太をつないでいた綱《つな》をほどき、小屋を探《さが》した。100メートルばかり離《はな》れた田んぼの中に小屋があり、そこにゴン太と一緒《いっしょ》に入った。物置小屋らしく、ワラもいっぱい積んである。

「ゴン太、一生懸命《いっしょうけんめい》ふくぞ。今までのぶんもふく。これまでの汗《あせ》を全部、ふかせてくれ」

ボクは、ワラを持つと、ゴン太のぬれた体を、何回も何回もふいた。近づくとかまれるという恐怖《きょうふ》よりも、ゴン太に申《もう》し訳《わけ》ない気持ちのほうが強かった。かまれてもいい、ふいてやろうと思った。体をふけば、次は脚《あし》をふいてやらなくては。これはマッサージの効果《こうか》もあるのだ。前脚《あし》にボクは手をかけた。とたんに、ゴン太が顔をボクのほうにむけた。かまれる！　反射的《はんしゃてき》にボクは飛びのこうとした。が、ゴン太は何もしなかった。ただ、ボクの肩《かた》に鼻をこすりつけてくるだけだった。ボクは、たまらなくゴン太がいとおしくなった。

「やめろ、ゴン太、くすぐったいぞ」、しかし、ゴン太は、ボクの肩《かた》だけじゃなく、首すじや顔にまで、その長い鼻ヅラをこすりつけてくる。

「ゴン太……。オレ、今夜、お前と一緒《いっしょ》にここで寝《ね》るよ。一緒《いっしょ》に寝《ね》よう。そうだよ、一緒《いっしょ》に寝《ね》るんだ」

ボクはゴン太にそう語りかけると、積んであるワラの上にゴロリと横になった。涙《なみだ》が止まらない。その涙《なみだ》をにぎりこぶしでふきながら、ボクは猛反省《もうはんせい》した。

「とても、1頭の馬じゃ鹿児島《かごしま》までいけないよ」

「馬がバテてしまうよ、無理だね」

いろんな人からそう言われた。そのたびに「何くそ！　オレは絶対《ぜったい》に行ってやる」、ボクは自分にそう言いきかせてきた。しかし、一番、大切なことを守っていなかったのだ。鹿児島《かごしま》まで行くには、とにかくゴン太を大切にしなければいけない。自分が食べなくても、へばっても、ゴン太にだけはそういう思いをさせちゃいけないいんだ。高坂《たかさか》さんからも、あれだけきびしく言われたじゃないか。それなのに今まで、人の好意に甘《あま》え、自分の馬なのに、自分で世話もしなかった。よ〜し！　これからは毎日、ゴン太の体をふくぞ！　高《たか》坂《さか》さん、足もマッサージします！

小屋の中の寒さはきびしかった。でも、ボクの心は明日からの旅への希望に燃《も》えていた。

「ゴン太、今日からがオレたちの新しい門出《かどで》だぞ」

ボクは、ゴン太の右前脚《あし》をつかんだ。「ゴン太、握手《あくしゅ》だ。よろしく頼《たの》む！」

ゴン太の脚《あし》は、あたたかかった。


——ボクとシマくんがわかりあえた、記念すべき夜だった。

シマくん、変わったの？

五日市《いつかいち》からは八幡平市《はちまんたいし》をぬけ、盛岡市《もりおかし》に到着《とうちゃく》。

途中《とちゅう》の町では村木《むらき》さんという農家に泊《と》めてもらったんだけど、村木《むらき》さんが「馬っ子の体さ、ふいてやるべ」と、ワラを手にすると、シマくん「いえ、ボクがやります！」と、汗《あせ》をかいたボクの体をていねいにふいてくれる。すごい変わりようだと思わない？

そんなシマくんを見てると「一緒《いっしょ》に鹿児島《かごしま》まで行くぞ！」と、ヤル気が出てくるし、旅も楽しい。ただ、この日の夕方着いたのは、県庁所在地《けんちょうしょざいち》の盛岡《もりおか》。市内では、泊《と》まるところがないんだよ。

「ゴン太、ごめん！　今夜は野宿かも」とシマくん。

「お前を外に放り出しておいて、自分だけ、旅館とかに泊《と》まるなんてできないもんな」

ねっ？　すごい変わりようでしょ？

「仕方ない、ゴン太、ここは運を天にまかせよう！」

エッ？　どういうこと？

「道端《みちばた》に立って、誰《だれ》かが声をかけてくれるのを待つんだよ」

うっそ〜っ！　楽天的というか、いいかげんな性格《せいかく》は全然変わってないみたい。でも、これがうまくいっちゃうんだもんなぁ。30分もしないうちに、太田《おおた》さんという青年が声をかけてきて、わがことのように飛びまわって、宿を探《さが》してくれる。太田《おおた》さんが探《さが》してくれたのは、畜産市場《ちくさんしじょう》。なるほど！　ここならボクが泊《と》まる馬小屋も、たくさんあるよね。

シマくんは太田《おおた》さんの家に泊《と》めてもらうことになり、ボクのカイバを作り体や脚《あし》をふいてくれてから、「ゴン太、また明日の朝な」と太田さんの家へ。野宿じゃなくてよかった！

旅は道づれ、名コンビ

翌日《よくじつ》は、盛岡《もりおか》から国道4号線を南へ。みちのく（東北地方《とうほくちほう》）には、そろそろ初冬の気配《けはい》が感じられる。ボクも前ほどは車に驚《おどろ》かなくなった。それに何よりも楽しいのは、シマくんがボクを大切に思ってくれること。毎日、宿に着くと、ボクのカイバを作り、ワラで体をマッサージしてくれる。これが2時間ぐらいかかるから、けっこう大変なんだ。シマくん、どんなに自分のおなかがすいてても、ボクのカイバを作ってくれる。最初のころのあの冷たいあつかい方にくらべ、何という変わりよう。

シマくん、以前は「かまれるから」と、自分の手をボクの口のところには絶対《ぜったい》に持ってこなかったのに、今では「ゴン太、ほら、かんでみろ」と右手を出してくる。ペロリとなめるボク。

昼休み、ボクが草を食べている間、シマくんは麦わら帽子《ぼうし》を日よけがわりに顔の上に乗せ、寝《ね》っころがっている。ちょっといたずらしちゃえ！　麦わら帽子《ぼうし》を口にくわえ、ブ～ン！と遠くへ飛ばす。「アッ！　何すんだよ！」、立ちあがって取りに行こうとしたシマくん「あんな帽子《ぼうし》なんか、いらないよ～だ！」、その場にまた、寝《ね》っころがってしまう。仕方なく、帽子《ぼうし》をくわえて戻《もど》ってくるボク。知らんぷりで寝《ね》たふりをするシマくん。「起きてよ！」、シマくんの鼻の頭をペロリとなめてやる。「くすぐってぇよ！」、飛び起きるシマくん。ボクたちって本当に仲よしになったんだ。

ところでみんなは、蹄鉄《ていてつ》って知ってる？　人間が外を歩くときに靴《くつ》をはくように、ボクたち馬も蹄鉄《ていてつ》という、鉄の靴《くつ》をはいてるんだ。どうやってはくかというと、馬の足先には、人間の爪《つめ》にあたる蹄《ひづめ》というのがあるんだ。この蹄《ひづめ》、厚《あつ》さが2センチぐらいある。蹄鉄《ていてつ》に丸い穴をあけ、その穴から蹄《ひづめ》に釘《くぎ》を打ち、蹄鉄《ていてつ》を蹄《ひづめ》に固定する。これが馬に靴《くつ》をはかせる作業なんだ。靴《くつ》の底がすり減《へ》るのと同じように、蹄鉄《ていてつ》もすり減《へ》ってきて、ふつう、半月に1度ぐらい、蹄鉄屋《ていてつや》さんに行って取り替《か》えてもらわないと、ぽろりと馬の蹄《ひづめ》から落っこちてしまう。そうするとボクたちは痛《いた》くて、石ころ道なんかは歩けないんだ。

だから、今回の旅行では、半月に1回は蹄鉄《ていてつ》を取り替《か》えなくちゃいけないんだけど、馬がたくさんいた時代と違《ちが》って、今は競馬場の近くとかにしか蹄鉄屋《ていてつや》さんがない。出発前にそれを知ったシマくん、「そんなら、ボクが蹄鉄屋《ていてつや》さんの技術《ぎじゅつ》を身につけてやる！」と、函館《はこだて》の競馬場近くの蹄鉄屋《ていてつや》さんへ。

「蹄鉄《ていてつ》の打ち方、2日間で教えてください！」

「バカ言うでねぇ、オレはこの仕事、25年やってても、ときどき失敗するんだ。馬の爪《つめ》のまわりは肉だよ。手元がくるうと釘《くぎ》が肉に入ってしまい、馬は痛《いた》くて歩けなくなるだ。それほど、難《むずか》しい技術《ぎじゅつ》なのに、何が〝2日間で教えて！〟だ！」

シマくん、怒《おこ》られて帰ってきた。ただ、その蹄鉄屋《ていてつや》さんは「毎日、蹄鉄《ていてつ》のすり減《へ》り具合を調べてだな、まだ大丈夫《だいじょうぶ》と思っても、近くに蹄鉄屋《ていてつや》さんがいたら、なるべく早めに替《か》えたほうがいいだ」と、アドバイスしてくれたんだって。そのアドバイスに従《したが》い、一関《いちのせき》の先の花泉《はないずみ》で蹄鉄《ていてつ》を替《か》えた。

親切にされるって、やっぱりうれしい

一関《いちのせき》から花泉《はないずみ》、宮城県《みやぎけん》に入り若柳《わかやなぎ》、鹿島台《かしまだい》、大郷町《おおさとちょう》、松島町《まつしままち》、多賀城《たがじょう》と、ボクとシマくんの旅は順調に続き、11月13日。本日は白石市《しろいしし》の鎌先温泉《かまさきおんせん》泊《ど》まり。11月8日に、地元の新聞にボクたちの記事がのったんだけど、仙台《せんだい》の運輸会社《うんゆがいしゃ》で働いている酒井《さかい》さんという人が、昨日、国道をポックラ、ポックラと歩いてるボクたちを、仙台《せんだい》から車で30キロも追いかけてきてくれたんだ。

「新聞で見たよ。温泉《おんせん》にでもつかって、旅のアカを落としていきなさい。いいんだよ、若者は遠慮《えんりょ》しちゃだめだ。万事《ばんじ》、ボクがきちんと話をつけておいてあげるから」

そう言うと酒井《さかい》さん、シマくんに鎌先温泉《かまさきおんせん》にある旅館への紹介状《しょうかいじょう》を渡《わた》すと、すぐに引き返していった。しばらく行くと、今度はオートバイで迎《むか》えに来てくれた人がいた。我妻《わがつま》さんという人で、そろそろ通るころだと思って待っていてくれたんだって。

「オラなぁ、もう旅が大好きでさ、それだけに、あんたたちのことを新聞で見て、どうしてもオラんところに1泊《ぱく》してもらおうと思っただ、うん。4日間も待ってただから」

新聞に『1日に歩くのは平均《へいきん》30キロ』と書いてあったので、「今日あたりだな」と、国道に出て待っててくれてたみたい。この夜は我妻《わがつま》さんの家でお世話になる。

「ゴン太、やっぱり、人に親切にされるってうれしいよな」

そうだね、シマくん。朝は我妻《わがつま》さんに途中《とちゅう》まで送ってもらい、鎌先温泉《かまさきおんせん》への山道を歩く。途中《とちゅう》でひと休みしていたら女子学生が4人、むこうから歩いてきた。彼女たちはボクとシマくんを不思議そうな表情《ひょうじょう》で見ながら通りすぎようとする。

するとシマくん、その女の子たちに道案内をお願いしたんだ。彼女たちは鎌先温泉《かまさきおんせん》の奥《おく》にある弥治郎《やじろう》というところに住んでいて、毎日、白石市《しろいしし》の学校まで4人で一緒《いっしょ》に6キロの道を歩いて通学してるんだって。鎌先温泉《かまさきおんせん》にむかって歩きながら、シマくん、彼女たちにこれまでのボクとの旅の出来事を話す。みんな目を丸くして聞いてる。そして、雨の夜、あの五日市《いつかいち》でのボクとの仲直りのところでは「よかった!」、目にいっぱいの涙《なみだ》をためてうなずいてる。

40分くらいで鎌先温泉《かまさきおんせん》の一條旅館《いちじょうりょかん》に到着《とうちゃく》。「それじゃ、この先もよい旅を!」と、ニッコリ笑って去っていく4人を見送り、名残《なご》り惜《お》しそうなシマくん。でも、一條旅館《いちじょうりょかん》では従《じゅう》業員《ぎょういん》のみなさんが全員で出迎《でむか》えてくれた。ボクの宿もちゃんと用意されている。温泉《おんせん》の湯でボクの体をきれいに洗《あら》ってくれるシマくん。気持ちい〜い！　こんないいところに泊《と》めてくれた酒井《さかい》さん、ありがとう！

恐怖《きょうふ》の底なし沼《ぬま》

鎌先温泉《かまさきおんせん》から白石市《しろいしし》をすぎて福島県《ふくしまけん》に入り、福島市《ふくしまし》、二本松《にほんまつ》、本宮《もとみや》、郡山《こおりやま》、須賀川《すかがわ》、白《しら》河《かわ》と、ボクとシマくんの旅は続く。ところが宮城県《みやぎけん》と福島県《ふくしまけん》の県境《けんざかい》を越《こ》えたころから、雪が降《ふ》ってきた。風も強まり、吹雪《ふぶき》となる。前がまったく見えない。自動車とぶつかりでもしたら大変だよね。北海道《ほっかいどう》育ちのボクは雪は平気だし、うれしいから「ヒヒ〜ン！」と、いななきたいけど、南国《なんごく》、紀州《きしゅう》育ちのシマくんは「寒〜い！」と悲鳴をあげている。吹雪《ふぶき》もやんで、福島市《ふくしまし》に入ったのは午後2時。

「ゴン太、宿が決まってるって、本当に楽《たの》だよなぁ」とシマくん。そうだね。この日は我《わが》妻《つま》さんが、知り合いのいる競馬場に頼んでくれたんだ。その競馬場まであと1キロくらいの松川橋《まつかわばし》まで来て、小川を見たシマくん、「ゴン太、川の水で脚《あし》を冷やしてやるよ」と、ボクを連れて橋の下におりる。

「30分ばかり、休憩《きゅうけい》だ。オレさ、高坂《たかさか》さんに言われたんだよ、〝小川を見つけたらな、できるだけ、馬っこの脚《あし》を冷やしてやるだ。すっごく、疲《つか》れがとれんだからな。兄《あに》ちゃ、わかったな！〟って」

シマくん、そう言うと、先に冷たい川の中に入っていく。とたんに、ブクブクッと、両足から川の中に沈《しず》んでいった。シマくん、川の中にたくさんたまっていたドロに足を踏《ふ》み入れてしまったんだ。

「た、助けてくれ、ゴン太！」、必死で、もがくシマくん。でも、もがけばもがくほど体はドロにまみれ、首まで沈《しず》んでしまう。シマくん、あぶない！　でも、ボクも飛びこめば、一緒《いっしょ》に沈《しず》んでしまう。そうだ！　シマくん、ボクの手綱《たづな》につかまって！

ボクは、シマくんのところにとどけ！と、思いっきり、首の手綱《たづな》をふった。その手綱《たづな》をハッシ！とつかむシマくん。ボクは、グイグイ！と後ずさりしながら、手綱《たづな》を引っぱった。シマくん、がんばれ！　ずるずると、川岸に上がってきたシマくん。「助かった！　ゴン太、お前は命の恩人《おんじん》だ！」とボクの首っ玉に抱《だ》きついてくる。わ、わかったけど、離《はな》れてくれる？　ドロだらけのシマくんに抱《だ》きつかれ、ボクも、首からお腹《なか》にかけてドロまみれ！　それにシマくん、すごくにおうよ！

30分後、体中、異様《いよう》なにおいとドロにまみれたシマくんと、首から腹《はら》がドロまみれのボクという、きたなくて、くさいコンビは福島《ふくしま》の競馬場に到着《とうちゃく》した。

「何だ！　キミたちは！」、中年のめがねをかけたおじさんが驚《おどろ》いた表情《ひょうじょう》でボクたちを見る。

「いや、じつは……」、シマくんがドロに沈《しず》んだ話をすると、おじさんは大笑い。

「ゴン太、ひどいよなぁ。人が死ぬ思いをしたっていうのに、大笑いだぜ」。ボクの耳元でささやくシマくん。でも、このおじさん、口は悪いけどすごく親切で、「バカだなぁ、ハハハ、とにかく、そのままじゃ風邪《かぜ》をひくぞ。すぐ風呂《ふろ》に入れ、風呂《ふろ》に」と、シマくんに風呂《ふろ》をすすめ、ボクのドロもお湯で落としてくれる。そして、シマくんのドロまみれの服を洗濯《せんたく》してくれて「これからも、どんなことがあるかわからないから、持っていけ」と、ジャンパーと毛布をプレゼントしてくれた。

この人は大学の馬術部《ばじゅつぶ》部長をしている菅野《すがの》さんで、競馬場の事務所《じむしょ》は馬術部《ばじゅつぶ》の部室がわりになってるんだって。夜は馬術部《ばじゅつぶ》の学生さんたちもたくさん集まってきて、シマくんとボクの歓迎会《かんげいかい》を開いてくれる。9時ごろに歓迎会《かんげいかい》が終わると、ボクは馬小屋に泊《と》まらせてもらった。

3章

お母さんにもうすぐ会える！
～関東編《かんとうへん》

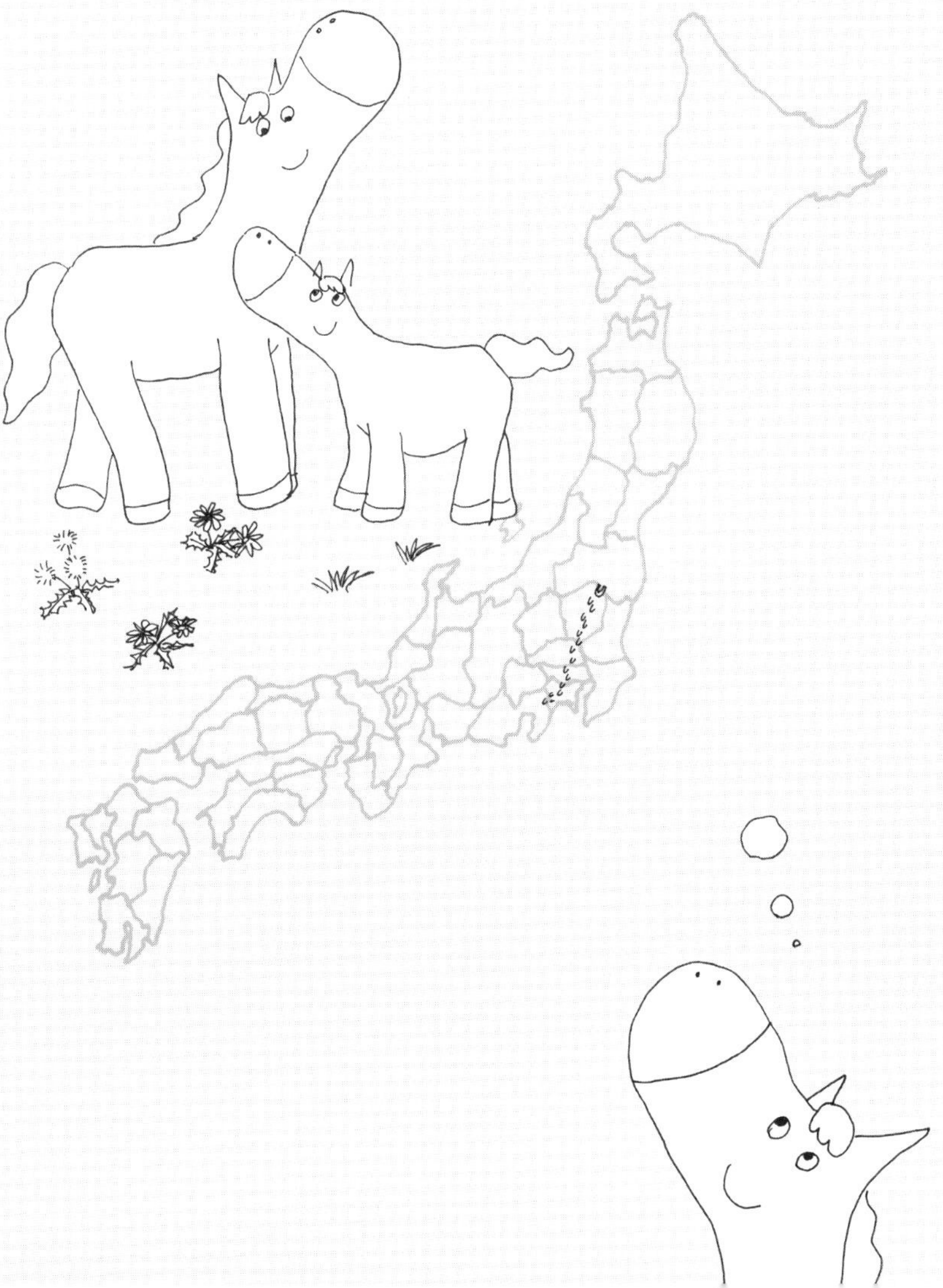

思わぬケガで……

競馬場に泊《と》まった次の日は、二本松《にほんまつ》にある畜産農協《ちくさんのうきょう》泊《ど》まり。競馬場の場長さんが紹介《しょうかい》してくれたんだ。そして、畜産農協《ちくさんのうきょう》の大内《おおうち》さんが、本宮《もとみや》、須賀川《すかがわ》、白河《しらかわ》と、続く3日間の宿を紹介《しょうかい》してくれてスムーズな旅が続く。宿探《やどさが》しは一番つらい日課だから、シマくんもホッとした表情《ひょうじょう》だ。

白河《しらかわ》をすぎると、いよいよ関東《かんとう》入り。ついにボクとシマくんは栃木県《とちぎけん》までやってきた！

今日は那須塩原《なすしおばら》の牧場泊《ど》まり。「大きな牧場だから、大丈夫《だいじょうぶ》だよ。むこうに着いたら、これを出しなさい」と、福島《ふくしま》の牧場の秋山《あきやま》さんが紹介状《しょうかいじょう》を書いてくれたので、安心して行ったんだ。

那須塩原《なすしおばら》からは氏家《うじいえ》、宇都宮《うつのみや》、小山《おやま》、茨城県《いばらきけん》の古河《こが》を通って、埼玉県《さいたまけん》の菖蒲《しょうぶ》へ。ここまでは畜産《ちくさん》センターや農家に泊《と》めてもらう。ただ、このあたりは近郊農業《きんこうのうぎょう》の盛《さか》んなところなので農家はあるんだけど、困《こま》ったことに馬小屋はないんだ。それで、昨夜泊《と》めてもらった小川《おがわ》さんの家では、親切にも納屋《なや》にしまってある物を外に出し、臨時《りんじ》の馬小屋を作ってくれた。感謝《かんしゃ》して眠《ねむ》ったボクだけど、朝、起きて歩き出そうとしたら、アレッ！　足首がズキン！とする。見ると血が出てるんだ。

「おはよう、ゴン太！」起きてきたシマくんも、ボクの足首を見て「どうしたんだ、その血は！　アッ！　この釘《くぎ》に引っかけたんだろ？」

納屋《なや》の板壁《いたかべ》から釘《くぎ》が出ていて、ボクが知らずに足首を引っかけちゃったみたい。

「大丈夫《だいじょうぶ》か？　歩けるか？」、心配そうに傷口《きずぐち》を見るシマくん。

大丈夫《だいじょうぶ》だよ、そんなに痛《いた》くないし、歩けるから。それより、小川《おがわ》さんには内緒《ないしょ》にしておこうね。気にしちゃうと思うからさ。

「そうだな。今日の泊《と》まりの川越市《かわごえし》に行けば、獣医《じゅうい》さんがいるらしいから、そこで診《み》てもらおう」

シマくん、自分の荷物袋《にもつぶくろ》から薬を出してボクの傷口《きずぐち》にぬってくれる。

「今日はオレ、乗らずにお前の手綱《たづな》を引いて歩くから」ありがとうシマくん。


シマくんと肩《かた》を並べて歩きながら話す。

「ゴン太、もう、ここからだと1週間ぐらいで、箱根《はこね》につくぞ。お母さんに会えるからな」

うわぁ、もうすぐお母さんに会えるんだ！　2年ぶりの再会《さいかい》。大きくなってるボクを見て、お母さん、びっくりするだろうなぁ。箱根《はこね》の芦ノ湖《あしのこ》の近くの農家で飼《か》われているというお母さん。シマくんは北海道《ほっかいどう》の高坂《たかさか》さんから、その農家の住所を渡《わた》されている。

「突然《とつぜん》、訪《たず》ねていってびっくりさせてやろうな！」

うん！　サプライズだね。

お母さんと会ったときのことを楽しく想像《そうぞう》しながら、川越市《かわごえし》に到着《とうちゃく》。シマくんの同級生、長浜《ながはま》さんがお父さんと一緒《いっしょ》にボクたちを待っていてくれた。

シマくん、旅に出て以来、初めて友だちに会って、すごくなつかしそう。「3か月ぶりだもんな」とか、話してる。

この日の宿は、長浜《ながはま》さんのお父さんの紹介《しょうかい》で、シマくんは富田《とみた》さんの家に泊《と》まり、ボクは富田《とみた》さんの隣《となり》の宮岡《みやおか》さんという農家に。ボクの足のケガは、川越《かわごえ》に着いてすぐ、獣医《じゅうい》さんに診《み》てもらった。

「少し化膿《かのう》しているけど、まぁ大丈夫《だいじょうぶ》。ただ、これから九州《きゅうしゅう》まで行くのなら、休養の意味からも4日間くらい休んだらどうか」という診断《しんだん》。

「ゴン太、一日も早くお母さんに会いたいだろうけど、傷《きず》が心配だ。〝急がば、まわれ〟っていう言葉もあるし、〝急《せ》いては事をしそんじる〟という言葉もある。3日間だけ休養することにしよう」

そうだね。連日の旅で、シマくんもボクも疲《つか》れてることは確《たし》かだと思う。ボクのケガは、神様が「休養しなさい」と言ってることかもしれないもんね。お母さんとは会うのが予定より3日、遅《おそ》くなるけど、2年間も待ったんだもん。3日なんてどうってことないさ！

川越《かわごえ》の休日

川越《かわごえ》での3日間の休日。川越市《かわごえし》は、江戸時代《えどじだい》から小江戸《こえど》と呼《よ》ばれて栄えた城下町《じょうかまち》で、川越大師《かわごえだいし》と呼《よ》ばれる喜多院《きたいん》や東照宮《とうしょうぐう》など、名所のお寺や神社も多い。

でも、3日間、どこへも出かけず、ボクは麦のいっぱい入ったおいしいカイバを食べて、の〜んびり気分。シマくんも、朝、昼、夜とボクの足首のしっぷ薬を替《か》え、カイバを作るほかは、友だちや知り合いに、川越《かわごえ》まで来たことを知らせる手紙を書いていた。

「考えてみるとさぁ、オレ、出発以来、誰《だれ》にも手紙を出してないんだよ」

カイバを食べるボクに話しかけてくるシマくん。

「おふくろも、手紙がこないので心配してるだろうなぁ……」

わかるよ、シマくん。旅の間は、手紙を書いてるひまなんてないもんね。その日の宿が決まると、すぐにボクのカイバを作り、足首、体をマッサージしてくれて、やっと自分の食事にありつけるのは夜の9時すぎ。ボクたち馬は1日に4回食事するので、シマくんは夜の10時ごろ、急いでボクの4回目のカイバ作り。旅の疲《つか》れがあるから、すぐにバタン、キューで、それで朝の5時には起きて、またまたその日の1回目のカイバ作りだもん。そんな毎日だから、手紙なんか書いてられない。

「この川越《かわごえ》の休日は、旅先から手紙を出す、最初で最後のチャンスだと思うんだ。ゴン太、オレ、せっせと手紙を書くから」

うん、わかったよ。がんばれシマくん！

恐《きょう》怖《ふ》の車ラッシュ

3日間の休みを終え、12月4日、いよいよ、師走《しわす》の東京《とうきょう》に入ることになったボクとシマくん。

「ゴン太、都心はものすごい交通ラッシュだと思うから、東京《とうきょう》の郊外《こうがい》をまわって、神奈川《かながわ》県《けん》に出よう」とシマくん。埼玉《さいたま》の所沢《ところざわ》から東京《とうきょう》に入って小金井《こがねい》を通り、この日の宿である、府中《ふちゅう》にある大学の馬術部《ばじゅつぶ》に到着《とうちゃく》したわけだけど、出迎《でむか》えてくれたシマくんの友人、伊藤《いとう》さんが「おい、どうした？　元気ないじゃないか」と、シマくんのようすに心配顔。
シマくん、それに答える元気もない。何でかというと、東京《とうきょう》に入ったとたん、ものすごい車の量！　この日のことは思い出すのもイヤだから、シマくんの旅日記を紹介《しょうかい》するね。

東京《とうきょう》って、郊外《こうがい》でも車の量はハンパじゃない！　ボクは今日一日で、ゲッソリとやつれたような気がする。今日は、走っているバスに2回、体あたりをした。死ぬかと思う恐怖《きょうふ》感《かん》の連続だった。

東京《とうきょう》という街は、車が多いだけではない。人口が密集《みっしゅう》していて、騒音《そうおん》がすごいのだ。車には少しは慣《な》れたゴン太だけど、すさまじい騒音《そうおん》がゴン太の神経《しんけい》を逆《さか》なでする。馬って、ゴン太だけじゃなく、もともと、臆病《おくびょう》な動物だ。それなのに、この車の量と騒音《そうおん》。ゴン太には驚《おどろ》きの連続だ。でっかいブルドーザーなんかが来ると、まるで怪物《かいぶつ》か怪獣《かいじゅう》にでも出くわしたみたいに、恐《おそ》れおののく。ダンプカーが来ると、くるっと方向転換《てんかん》して、スタコラ逃《に》げだす。
怖《こわ》いのは車だけではない。パニックになっているゴン太は、ふだんは驚《おどろ》かないことでも驚《おどろ》いてしまう。歩道を歩いてる人が「あれっ、馬だ！」なんてゴン太の体にさわろうとして手を出す。それを、なぐられるとでも思ったのか、ゴン太はサッと横に飛びはねる。商店のドアが開く。またもやゴン太は横に飛びはねる。紙くずが突風《とっぷう》に舞《ま》う。ゴン太は目をむいて驚《おどろ》き、飛びはねる。

その結果、どうなるかというと、後ろから来た車の急ブレーキの音、運転している人のどなり声。運転している人だってびっくりするだろう。歩道近くを歩いていた馬が、急に道路の中央へ飛び出してくるのだ。「バカヤロ〜！ 気をつけろ！」と、どなりたくもなる。センターラインまで飛び出してしまったゴン太を、急ブレーキの音とクラクションの音響《おんきょう》がよけいに混乱《こんらん》させる。

ますます、おびえ、パニックになるゴン太。かわいそうだけど、ボクも命がけだ。ゴン太が横にすっ飛ぶたびに落とされまいとして、ゴン太の首っ玉にかじりつくのだが、ふいをくらって2度ばかり転げ落ちた。バスに体あたりしたときも、そのバスがノロノロ運転で、車体の横への体あたりだったからたいしたことはなかったが、一歩間違《まちが》えたら、大ケガをしていても不思議じゃなかった。

道端《みちばた》で工事をやっているときも大変。ゴン太には初めて見る光景で、その横を絶対《ぜったい》に進もうとしない。無理に進ませようとすると、またもや、パッと横に飛ぶ。ゴン太が怖《こわ》がってるのがわかるから、怒《おこ》るなんてできない。ただただ、身の安全を神に祈《いの》るのみ。

ボクはその夜の食事を、ひと口ひと口、ゆっくりかみしめながら味わった。

シマくん、ボクのほうこそごめん！　ボクも今日一日で、少しはラッシュと騒音《そうおん》には慣《な》れたと思う。明日からはがんばるからね。

〝日本じゅう断〟？

東京《とうきょう》から神奈川県《かながわけん》へとボクとシマくんの旅は続く。

都心へ入ると、ボクの宿がまったくないから、郊外《こうがい》をまわりながら神奈川県《かながわけん》へ。東京《とうきょう》や神奈川《かながわ》でも、郊外《こうがい》だとまだ農家があって、東京《とうきょう》では多摩《たま》、神奈川《かながわ》では相模原《さがみはら》と平塚市《ひらつかし》で農家のお世話になった。

国道1号線って、さながら車の洪水《こうずい》だ。

「ゴン太、頼《たの》むぞ！　オレと一緒《いっしょ》なんだから、怖《こわ》がるな！」、ボクに言い聞かせるシマくん。

「わかってるよ、シマくん。ほんの少しだけど、慣《な》れたから」

でも、ダンプとかがやってくると、ダメだ！　思わず、体がすくんでしまう。肩《かた》をいからせ、ボクの手綱《たづな》を握《にぎ》りしめて、車の急流の中を進むシマくん。ボクも必死だけど、シマくんも必死だ。

「ゴン太、オレさぁ、われながら、えらいことを始めちゃったと思うよ」

昼ごはんのとき、シマくんがため息まじりに言う。

「車ならさ、自分の思いどおりに動かせるけど、ゴン太はそうはいかないもんな。馬で日本縦断《じゅうだん》なんて、今まで誰《だれ》もやらなかったはずだよ。江戸時代《えどじだい》ならともかく、車社会の現代《げんだい》では、時代錯誤《じだいさくご》の旅だと言われても仕方ないもんなぁ。でもさぁ、ゴン太、進むしかないんだよ、オレたち」

そうだよ、シマくん。北海道《ほっかいどう》からここまで来たんだもん！　やるしかないよ！　たしかに大変な旅だけど、いいことだっていっぱいあったしさ。

「そうだね。いろんな人がめずらしがって話しかけてくれて、たくさんの人に親切にしてもらったもんなぁ。車の旅なら、こうはいかなかったよ。オレとゴン太の旅には、いろんな人と知りあいになれたという、はかりしれないメリットがあるし」

うん！　これまでに何百人もの人に話しかけられた。

「どこから来たの？」「どこまで行くの？」「馬なんかに乗って、何してんの？」。シマくん、あんまり聞かれるもんだから、川越《かわごえ》での休日のとき、「ゴン太、オレさぁ、『日本縦《じゅう》断《だん》』なんて書くのは、照れくさいからやめてたんだよ。でも、いちいち答えてるのって、めんどくさいだろ? 読めばわかるように、お前の背中《せなか》にぶらさげてる荷物袋《にもつぶくろ》に『日本縦《じゅう》断《だん》』って書くよ」と言うと、ペンでなにやら書いたんだ。「よしっ、これでいい!」と、シマくんは満足げ。

エッ? シマくん、『日本縦断《じゅうだん》』でしょ? 荷物袋《にもつぶくろ》に書いてある文字は『日本一周』だよ!

「いや、『日本縦断《じゅうだん》』と書こうと思ったんだよ。でもさぁ、どうしても『縦断《じゅうだん》』の〝縦《じゅう》〟の字が思い出せないんだ。『じゅう断《だん》』じゃ、かっこ悪いだろ? だから『日本一周』にしたわけ。わかる? わかる?」

「わかる?」って、シマくん。漢字は、しっかり勉強しようね!

話を国道1号線に戻《もど》すけど、どうやらこの日は無事に、小田原《おだわら》の風祭《かざまつり》というところまで来た。今日はここで宿探《やどさが》し。都心で心配していた宿探《やどさが》しも、今日まではわりとスムーズにきていて、シマくんも安心してたんだ。でも、小田原《おだわら》ではまったくダメ。農家といっても、このあたりはおもにミカン農家だから「馬を泊《と》める小屋なんてないなぁ」の答えばかり。

「ゴン太、小田原《おだわら》の町に戻《もど》っても望みはないだろうし、進んでも温泉宿《おんせんやど》ばっかりだ。野宿しよう」

野宿って、ボクは寒さに強いからいいけど、シマくんは大変だよ。ホラッ、雪が降《ふ》ってきたよ。外で寝《ね》るなんて無理だよ。ボクは大丈夫《だいじょうぶ》だから、シマくんだけ、旅館とかに泊《と》まりなよ。

「バカ！　そんなこと、今のオレにできるわけないよ。オレとお前は、ずっと一緒《いっしょ》にいるんだよ」

泣けるなぁ、その言葉。シマくん、うれしいよ。

「カイバもないもんなぁ」。シマくん、八百屋《やおや》でキャベツとニンジンを買って、ボクに食べさせてくれる。サイフをのぞいてるシマくん。ごめんね！　大食いで。キャベツ3個にニンジン10本って、かなりの出費だよね。この夜のシマくんの旅日記を見ると、こう書いてあった。

これからの東海道《とうかいどう》は、ゴン太の宿とカイバに悩《なや》まされるだろう。それにしても、ゴン太、食いすぎ！

キャベツをおいしそうに食べるボクを見て、「食べたかったら、もう1個、買ってきてやるぞ」と言ってたのに、本心はそうだったんだ。でも、うそでもうれしかったよ、おやすみ！　シマくん！

深夜の箱根《はこね》峠《とうげ》越《ご》え

野宿になったボクとシマくん。その夜のことをシマくんは旅日記で、こんなふうに書いてる。

近くの神社へ行ってゴン太をつなぐ。雪も降《ふ》りやんだので、ゴン太に毛布をかけてやり、ボクは神社のベンチの上に寝袋《ねぶくろ》を敷《し》き、もぐりこむ。ところが、箱根《はこね》の山麓《さんろく》は冷えに冷える。足の先からしびれてきて、とても眠《ねむ》れるなんてもんじゃない。靴下《くつした》を3枚重ねてはき、持っている上着をすべて着てみたが、それくらいのことでは、どうにもならない寒さだ。寝袋《ねぶくろ》から出て、ゴン太と一緒《いっしょ》に神社をあとにする。畑の中の小屋とか、何か、建物はないだろうか？　少しは寒さがしのげるはずだ。探していると、空き地にオンボロバスが停めてあった。

あの中なら少しはあったかいだろう！　バスの窓《まど》のところにゴン太をつなぎ、背中《せなか》に毛布をかけてやって、ボクはバスの中へ。あいかわらずの寒さだけど、バスの中は、さっきの神社よりはましだ。

ここなら何とか、ひと晩《ばん》すごせそうだと寝袋《ねぶくろ》にもぐりこみ、窓《まど》の外のゴン太を見ると、背中《せなか》も頭も、雪で真っ白！　また降《ふ》ってきたのだ。だめだ。これじゃゴン太がかわいそうだ。バスを出て小屋を探《さが》す。時計を見ると夜の10時。あたりはまっ暗で小屋らしきものはない。

続きはボクが話すね。

「ゴン太、しかたない。きびしいけど、徹夜覚悟《てつやかくご》で箱根《はこね》を越《こ》えようか？」とシマくん。そうだね、ボクは北海道《ほっかいどう》の牧場にいたときも、何回も雪に降《ふ》られてるから大丈夫《だいじょうぶ》だけど、「これじゃ、ゴン太がかわいそうだ」って思ってくれるシマくんの気持ちを受け入れるよ。

「それにさぁ、ゴン太、朝までに芦ノ湖《あしのこ》に着けば、それだけ早くお母さんに会えるし」箱根峠《はこねとうげ》を越《こ》えれば芦ノ湖《あしのこ》だ！　お母さんのいる芦ノ湖《あしのこ》。シマくん、早く出発しよう！

「お互《たが》い眠《ねむ》いけど、がんばろうな、ゴン太」

暗い道を懐中電灯《かいちゅうでんとう》の明かりだけを頼《たよ》りに進むボクたち。湯本《ゆもと》をすぎ、大平台《おおひらだい》へ。雪はますますひどくなる。シマくん、寒さと眠気《ねむけ》で歯をガチガチさせながら目をこすってる。ガンバレ、シマくん！

宮ノ下《みやのした》から、小涌谷《こわくだに》へ。ボクも眠《ねむ》い。でも、どんなに眠《ねむ》くても、ボクとシマくんはぼんやりしていられないのだ。遠くから来る車の明かりには充分《じゅうぶん》注意しなくては。運転手さんだって、まさか、こんな夜中に馬が歩いてるなんて思わないし、まして、雪で前がよく見えない。

注意しながら歩いてると「ゴン太！　乗用車が山道をおりてきたぞ！」とシマくん。うわ〜！　怖《こわ》〜い！　初めて見るヘッドライトの明かり。不気味《ぶきみ》な光がどんどん近づいてくる。怖《こわ》いよ！　後ずさりしようとするボクの手綱《たづな》をシマくんが必死の表情《ひょうじょう》で握《にぎ》りしめる。でも、怖《こわ》かったのはボクだけじゃなかったんだ。キキー！　急ブレーキをかけ、車がボクたちの前で止まった。

そして40才くらいの男の人が車の窓《まど》から顔を出し、「こ、こんな夜中に……」、雪の中で立っているボクとシマくんを確認《かくにん》すると、「ギャ〜！　オバケだ！」、さけび声をあげて急発進。たしかに、深夜の山道を人と馬が歩いてたら驚《おどろ》くよね。驚《おどろ》かせてごめんなさい！

翌朝《よくあさ》7時。一睡《いっすい》もしないで歩き続けたボクとシマくんは芦ノ湖《あしのこ》に到着《とうちゃく》した。

「ゴン太、少し寝《ね》てからお母さんに会いにいこう」

湖畔《こはん》のベンチに横になり、眠《ねむ》りこむシマくん。体、くったくただもんね。お昼ごろまで寝《ね》て、元気にお母さんと再会《さいかい》だ。お母さん、ボク、もう目の前まで来てるんだよ！　待っててね、お母さん！

ついにお母さんのいる町へ

「何で、こんなところで馬と人が寝《ね》てるの？」、「どうしたんだろう？　生きてるよね？」。まわりのざわめきの声で目覚めたボクとシマくん。芦ノ湖《あしのこ》に着いたボクたちは、もうくったくたで、富士山《ふじさん》に見とれるよゆうもなく、シマくんは湖畔《こはん》のベンチで、ボクはその横で眠《ねむ》りこんでしまった。

でも、2時間くらいで観光客に取り囲まれ、起きることに。シマくんが起き上がると、「オッ！　生きてた。警察《けいさつ》に知らせるのは待て！」、「馬も元気だ！」、20人の40個ぐらいの瞳《ひとみ》がボクたちを見つめている。シマくん、旅をしていることを説明し、30分後、やっと、その輪の中からぬけ出す。

「さぁ、ゴン太、お母さんとの再会《さいかい》だぞ！」とシマくん。

お母さんはここから2キロぐらい先にある、野菜農家の三浦《みうら》さんに飼《か》われてるんだって。

2年前の秋まで、ボクは函館《はこだて》の牧場でお母さんと毎日一緒《いっしょ》だった。津軽海峡《つがるかいきょう》が見えるタンポポの咲《さ》く丘《おか》で、お母さんは「この海を渡《わた》ると本州《ほんしゅう》という島があるのよ」とか、いろんな話をしてくれた。

お母さん！　ボクは今、その本州《ほんしゅう》にいて、ちょっと頼《たよ》りないけど、すっかり仲よくなったシマくんと一緒《いっしょ》に、本州《ほんしゅう》のもっと先にある九州《きゅうしゅう》をめざして旅してるんだよ。

「ゴン太、ドッキドキ？」とシマくん。

うん、ドッキドキだよ。

「アレッ、道を間違《まちが》えちゃったみたい」

エ～ッ⁉

「うそだよ！　この家だ」

もう、シマくん！　たしかに表札《ひょうさつ》に〝三浦《みうら》〟って書いてある。大きな門がまえに、広い庭の農家だ。

「オレがここの人に話をしてからお母さんに会わせてもらおう。ゴン太は庭で待っててよ」

うん！　早くお母さんに会いたい！　お母さん、４才になったボクを見て「大きくなったわねぇ！」と、びっくりするかも。あのころのボクって、朝、起きるとまず、お母さんのお腹《なか》に顔を押《お》しつけて甘《あま》えるのが日課だったけど、もう大きくなったから、そんなことはしないよ。

でも……2年ぶりに会うんだから、やっぱり、甘《あま》えちゃうかも……。それにしてもシマくん、出てくるのが遅《おそ》いなぁ。アッ！　やっと玄関《げんかん》から出てきた！　お母さんは？

「あのなぁ、ゴン太……」、言いにくそうな表情《ひょうじょう》のシマくん。

「お母さん、もうここにはいないんだって」

エッ、何で？

「三浦《みうら》さんのところにはお孫さんがいて、〝孫を馬に乗っけて遊ばせてやりたい〟ということで、お母さんを北海道《ほっかいどう》の高坂《たかさか》さんから買ったらしいんだ。でも、そのお孫さんも中学生になって、馬に乗ったりしなくなったんだって。三浦《みうら》さんは農家といっても野菜作りだから、作業に馬は必要ないし、それで去年の秋、北海道《ほっかいどう》の網走《あばしり》の農家にゆずり渡《わた》しちゃったんだって……」

お母さん、また、北海道《ほっかいどう》に戻《もど》っちゃったの？

「そうなんだよ、でもさ、この旅を終えて戻《もど》ったら、同じ北海道《ほっかいどう》だし、絶対《ぜったい》に会えるよ。ゴン太、それまでのがまんだから……」

会いたかったなぁ……でも、会える楽しみが延《の》びたと思えばいいんだね。

「そうだよ。いつになるかわからないけど、それまで毎日、再会《さいかい》を夢《ゆめ》見ることができるんだからさ」

よ～し、会えないのは残念だったけど、気持ちを切り替《か》えて、しゅっぱ～つ！

両手をつくシマくん

三浦《みうら》さんの家をあとにしようとしたそのときだ。家の玄関《げんかん》が開き、70才ぐらいのおじいさんが出てきて、ボクとシマくんを呼《よ》び止めた。そして、ボクを見て「この馬ですか……こんな子どもを残して、かわいそうに。これは形見《かたみ》の骨《ほね》です。あばら骨《ほね》なんですが、骨《ほね》の病気だったから、ボロボロで、こんなに小さくなってしまって……それじゃあ」。おじいさん、シマくんに長さ5センチくらいの細い骨《ほね》を渡《わた》すと戻《もど》っていった。

形見《かたみ》って、死んだ人が残すものだよね？　それに骨《ほね》の病気って何？

「ごめん！　ゴン太！」、ボクの前にひざまずき、両手をつくシマくん。

「お母さんが亡《な》くなったなんて、どうしても言えなかったんだ。うそをついて、ゴン太、ごめん！」

亡《な》くなった？　お母さんが？　何で？　そんなの信じられないよ！

「お母さんはさ、三浦《みうら》さんのところで本当に大切に飼《か》われてたんだって。でも、骨軟化症という骨《ほね》の病気になっちゃって……骨《ほね》がダメになる病気で、最後は歩けなくなって、それで……」

生きてると思ったのに……元気だと思ったから離《はな》ればなれでも、ボク、平気だった。いつか、会えるお母さんのために！と、がんばれた。それが……。

「ゴン太、ごめん！」、何度もあやまるシマくん。ううん、シマくんは悪くない。ボクが悲しまないよう、うそをついてたんだもん。

「ゴン太、これからの旅は、ずっとお母さんと一緒《いっしょ》だからな」

形見《かたみ》の骨《ほね》を、ボクのたて髪《がみ》に結んでくれるシマくん。ありがとう。すぐに出発したいけど、お願い、シマくん、しばらくここで泣かせてくれる？　思いっきり、涙《なみだ》がかれるまで泣きたい。

「お母さん！　帰ってきて！　戻《もど》ってきて……お母さ～ん！」

4章

東海道《とうかいどう》でなんとか半分！
〜東海《とうかい》・中部《ちゅうぶ》編《へん》

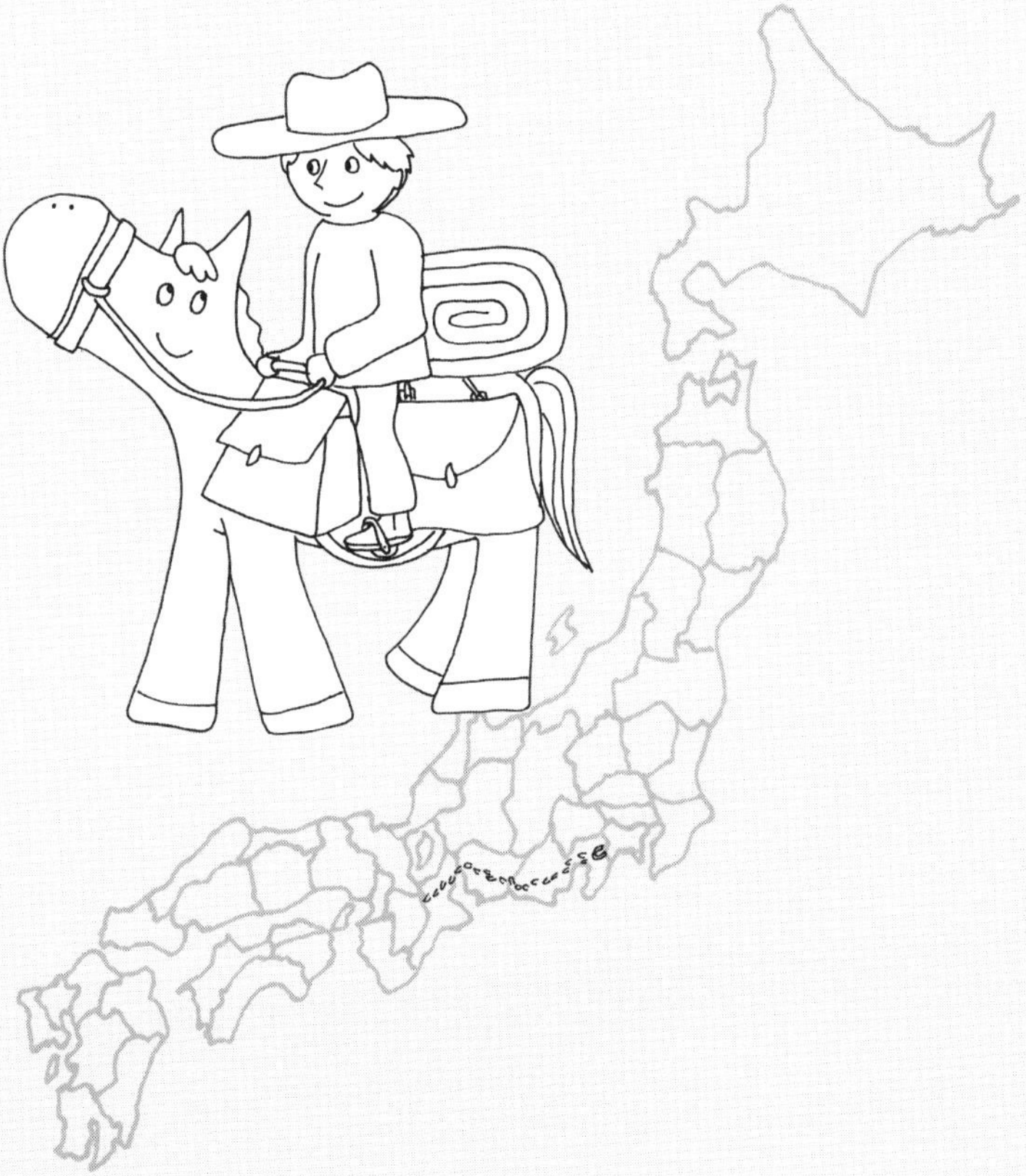

眠《ね》れそうになかったけど

芦ノ湖《あしのこ》を昼前に出発したボクたちは、箱根《はこね》を越《こ》え、静岡県《しずおかけん》の三島《みしま》へとむかう。

「お母さん……」。シマくんを背《せ》に乗っけて歩きながら、つい、立ち止まり、涙《なみだ》してしまうボク。お母さんが亡《な》くなったショックはボクには大きすぎる。シマくんは、ボクの背《せ》から降《お》り「ゴン太！」と、ボクの首を抱《だ》いてなぐさめてくれる。

三島《みしま》では、農家の人が通りかかったボクたちを見て、「うちに泊《と》まっていけよ」と、声をかけてくれる。その家の納屋《なや》に寝床《ねどこ》を作ってくれたシマくん、なかなか、自分の寝《ね》るところに戻《もど》ろうとしない。

「ひとりになるとさ、今のゴン太は眠《ねむ》れないかもしれないだろ。オレ、お前が眠《ねむ》くなるまで、ここにいるよ。お前が寝《ね》たら、自分の部屋に戻《もど》るから」

ありがとう。ボク、ひとりだと、お母さんのこと思い出しちゃって、きっと泣いちゃうと思う。シマくんのいる間に寝《ね》よう……だめだ！　眠《ねむ》れない。時計はすでに深夜の0時半。シマくんを見ると、目をこすりながら、ボクのためにがまんしてくれている。ボクは寝《ね》たふりをすることにした。

馬って、立ったまま、まぶたをとじて眠《ねむ》るんだけど、すごく疲《つか》れてるときはゴロリと横になって寝《ね》るんだ。体を倒《たお》し、横になったボクを見て、シマくん「よっぽど、疲《つか》れてたんだなぁ……おやすみ、ゴン太」と、つぶやきながら、ボクの寝床《ねどこ》から出て行った。おやすみ、シマくん。

体も心もすごく疲《つか》れてるけど、ボク、今夜は眠《ねむ》れそうにないよ。眠《ねむ》ろうとしても、頭の中は、お母さんとの思い出がつぎつぎによみがえる。お母さんと暮《く》らしたのは、生まれてからのたった2年間だけだったけど、ボクには一生、忘《わす》れられない2年間だった。寝《ね》るのはいつも一緒《いっしょ》で、お母さんと体をぴったりとくっつけあう。お母さんのぬくもりを感じながら眠《ねむ》る幸せ……。

お母さん、なぜ、ボクをひとりぼっちにして死んじゃったの……くじけそうなボクの心に、お母さんから言われた言葉が浮《う》かぶ。

「あなたは歴史ある、純粋《じゅんすい》な北海道和種《ほっかいどうわしゅ》なのよ。小さいし、かっこよくもない。でも、ちょっとのことでは、へこたれない強い精神力《せいしんりょく》と体力をもっているの。そのほこりを忘《わす》れないでね」

そうだね、お母さん。天国のお母さんに安心してもらうためにも、ボク、ほこりをもって、強く生きるよ。そう思ったら、何だか、まぶたが重くなってきた。おやすみ、お母さん……。

大騒動《おおそうどう》！　穴があったら入りたい

三島《みしま》を出発し、田子ノ浦湾《たごのうらわん》を左に見て、沼津《ぬまづ》から富士《ふじ》へとむかう。

富士市《ふじし》では、製紙工場《せいしこうじょう》の守衛《しゅえい》さんから「お茶でも飲んでいけよ」と声をかけられる。

「北海道《ほっかいどう》から来たのか！　うちの工場も、北海道《ほっかいどう》にあるんだよ。これも何かの縁《えん》だね」

そう言って守衛《しゅえい》さん、どこかに電話すると、「秘書課《ひしょか》の課長さんが会いたいと言ってるから、ちょっといいかな？」と言う。10分後。戻《もど》ってきたシマくん、なんだかうれしそう。

「今夜の宿が決まったよ！」

宿探《やどさが》しは大変だから、ありがたいよね。紹介《しょうかい》してもらった稲葉《いなば》さんの家に泊《と》めてもらうことになる。2日前は深夜の箱根峠越《はこねとうげご》えだったし、昨日は、お母さんのことを思ってて、ほんの3時間ぐらい眠《ねむ》っただけ。くったくたに疲《つか》れてたから、もう、バタン！　キューで、朝までぐっすり眠《ねむ》っちゃった。

翌日《よくじつ》は元気いっぱい。蒲原《かんばら》から、由比《ゆい》をすぎ、お昼には興津《おきつ》に到着《とうちゃく》。お米屋さんで、馬の飼料《しりょう》も売ってたので「これからは農家も少ないと思うから、2、3日分を買っておくよ」、シマくん、ボクの手綱《たづな》をそのお米屋さんの軒下《のきした》の柱につないで店の中に入っていった。ここからあとのことは、ボク、穴があったら入りたい心境《しんきょう》で、とても話せない。シマくんの旅日記を紹介《しょうかい》するね。

「ゴン太、今夜は、腹《はら》いっぱい食べさせてあげるからな」、そう思いながら買い物をしていたボクは、そのとき、ゴン太が鼻先でお米屋さんの看板《かんばん》をいたずらしているのに、まったく気がつかなかった。

ガターン！　バキッ！　キャ～！　突然《とつぜん》のものすごい音と悲鳴《ひめい》！

あわてて外に飛び出してみると、な、なんと、ゴン太が2メートルもある柱を引っこぬいて、道路に飛び出していた。これはあとでわかったことなのだが、ゴン太が鼻先で看板《かんばん》をつついていたら、その看板《かんばん》がはずれ、路上に落ちた。その音に驚《おどろ》いたゴン太は飛びはね、いきおいあまって、つながれていた柱を引っこぬいてしまったのだ。

しかも、悪いことに、その柱が、ゴン太の鼻先でグラリ！とゆれたからたまらない。よけいに驚《おどろ》いたゴン太は、2メートルの柱を引っぱり、道路に飛び出した。道路には、車がひっきりなしに走っているのだ。車のほうでもびっくりしただろう。急ブレーキをかける音。あわてて飛びはねるゴン太。パニック状態《じょうたい》のゴン太は、右往左往《うおうさおう》しながら走る。なにしろ、柱をふりまわしているから、近づくこともできない。500メートルぐらい走っていくうちに、柱はこなごなになってしまう。飛び散った柱の残がいが、たばこ屋さんのショーケースにあたり、ショーケースをだいなしにしてしまった。

迷惑《めいわく》をかけた人たち、ひとりひとりに頭を下げ、あやまっているシマくん。お米屋さんは「柱1本ぐらいいいよ」と許《ゆる》してくれたけど、たばこ屋さんのショーケース代は払《はら》うことに。貧乏《びんぼう》旅行なのに、ボクのせいで、大きな出費。シマくん、本当にごめん！　そして、お騒《さわ》がせしてしまったみなさん、ごめんなさい！　長い看板《かんばん》がぶらさがってたから、つい、「ブランブランさせてみよう」と、いたずらしたら、大変なことになっちゃって……。大反省のボクでした。

カイバ作りとトイレタイム

今日は清水《しみず》まで行く予定だったんだけど、ボクが起こしてしまった騒動《そうどう》のせいで、これ以上、進めなくなっちゃったんだ。シマくんの旅日記を紹介《しょうかい》するね。

ゴン太が暴《あば》れたとき、鞍《くら》の腹帯《はらおび》が切れてしまった。これでは、乗ることはもちろん、鞍《くら》や荷物を置くこともできない。一歩も進めないのだ。

幸い、青島《あおしま》さんという主婦《しゅふ》の方が「うちに泊《と》まりなさいよ。物置小屋があいてるから、馬もそこに泊《と》められるから」と声をかけてくれる。そして青島《あおしま》さん、親切にも、車で近くの農家まで行って、ワラをたくさんもらってきてくれる。このワラは、馬旅行には貴重《きちょう》なのだ。

ゴン太のベッドがわりに、下に敷《し》いてやるのに必要だし、カイバとしても必要だ。馬はカイバが穀物《こくもつ》だけだと腹痛《ふくつう》を起こすから、短く切ったワラや、牧草などをまぜてやらなくてはいけない。物置小屋にワラを敷《し》き、ゴン太のベッドを作り、そしてカイバを作る。ところが、今日はワラがあっても、それを短く切る、押《お》し切《き》り（カッター）がない。だいたい2センチぐらいに切るのだが、仕方なくハサミで切る。2時間ばかりかけて切り終わったけど、指先の感覚がまったくなくなってしまった。

どうにかゴン太のカイバを作ったら、次は切れた腹帯《はらおび》を縫《ぬ》ってもらうため、近所の畳屋《たたみや》さんへ。作業を待つ間に、ふと考えた。旅立ってから50日。毎日毎日、まだ薄暗《うすぐら》い朝5時に起きる。ゴン太のカイバを作り、水を飲ませる。シビれるように冷たい水に手をつっこみ、ワラとフスマをまぜていると、「友だちはまだみんな、ぐっすりと寝《ね》てるんだろうなぁ……」、つい、心が折れそうになる。でも、すぐにそんな自分をしかりつける。「これはオレが望んだ旅なんだ！」と。旅はまだ半分も来てない。

「ゴン太と一緒《いっしょ》にがんばるぞ！」、気合いを入れ、畳屋《たたみや》さんから戻《もど》ると、ゴン太は、平気な顔でトイレタイム。ほかほかのまんじゅうのようなウンチをぽたぽたとワラの上に落としている。

「オイッ、ゴン太、朝、出かけるときに、ウンチのあとかたづけをするのはオレなんだからな。大変なんだよ。だってお前、ひと晩《ばん》に、バケツ3杯分《ばいぶん》も、ウンチをするんだもんな」

ゴン太は「そんなこと言われても、途中《とちゅう》でやめられないし」と、ポタポタ。小屋や車庫に泊《と》めてもらうと、朝、ウンチを取り、水できれいに流す。最初はきたないと思ったけど、平気になってきた。

ごめん！　ボク、けっこうシマくんに苦労かけちゃってるんだね。ウンチの世話までさせちゃって。

「いいんだよ、ゴン太。それほど、オレたちは仲がいいっていうことなんだから」

うれしいよ、シマくん！

なるとちゃん、幸せにね！

今日は清水《しみず》へ向かって出発。シマくんの友だちの増田《ますだ》さんの実家が清水《しみず》で、朝、電話すると、12時に清水駅《しみずえき》で待ってくれているという返事。

「ゴン太、今日は時間があるから国道ではなく、海岸の道を行こう。車も通らないし」とシマくん。

海岸の堤防《ていぼう》づたいに松並木を見ながら進む。ボクの背《せ》から降《お》りたシマくんが前を歩き、その後ろからボクがポックラ、ポックラとついていく。

「ゴン太、こんなゆったりした気分って久《ひさ》しぶりだよなぁ。恐《おそ》ろしい車の洪水《こうずい》の中を行く毎日で、朝から夜まで緊張《きんちょう》の連続だったもん。よ〜し、オレ、歌をうたってやるから、よ〜く聴《き》いてろよ」

ボクの横に並んで、歌い始めたシマくん。仕方なく聴《き》いてたボクだけど、つい大きなアクビが。

「人がせっかく美声を聴《き》かせてあげてるのに、このヤロ〜！」、痛《いた》っ！　すかさず、シマくんのゲンコツが飛んでくる。仕返しだ！　今度は前を歩き出したシマくんの首の後ろをペロリ！となめてやる。「ギャ〜ッ！　くすぐったい！　何するんだよ！」。そうやってジャレあいながら進むボクたち。楽しいなぁ、昨日の騒動《そうどう》がうそみたいだよ。

清水駅《しみずえき》では、増田《ますだ》さんのお父さんと妹さんたちが待っててくれている。シマくんはスキヤキを、ボクは大好物のニンジンとキャベツをお腹《なか》いっぱいになるまで、ごちそうになった。今夜、泊《と》めてもらう親類の農家さんも紹介《しょうかい》してもらい、餞別《せんべつ》までいただいた。

「昨日は、たばこ屋さんのショーケース代とか、腹帯《はらおび》の修理代《しゅうりだい》とか、思わぬ出費があったから、本当に助かったよ」とシマくん。ボクのせいでゴメン！　でも、そのあとはボクも役に立ったよね。子どもたちに大喜びしてもらったんだもん。

増田《ますだ》さんたちと別れて静岡《しずおか》市内を歩いているとき、道沿《みちぞ》いの施設《しせつ》から、ボクを見た子どもたちが「あっ、馬だ！」と飛び出してきた。「ゴン太、時間もたっぷりあることだし、子どもたちを乗っけてあげなよ」と、シマくん。もちろん、オーケーさ！　先生らしき大人の人も出てくる。

「本当に馬と子どもたちって仲よしですよね。ゴン太は、見知らぬ男の人や、女の人なんかがおそるおそる近づくと、警戒《けいかい》して、ガブリ！とかみつこうとするんですけど、子どもたちの前では、そんなそぶりなど少しも見せないんですよ」と、先生に話すシマくん。そのとおりだよ！

先生は施設《しせつ》の園長さんで、その施設《しせつ》にはいろんな事情《じじょう》で親と暮《く》らせない子どもたちが住んでいるんだって。ボクもお母さんが亡《な》くなったのを知ったばっかりだから、とても人ごとなんて思えない。

そこには〝なるとちゃん〟という6才ぐらいの、人なつっこい男の子がいて、先に立って、ボクとシマくんに施設《しせつ》の中を案内してくれる。

「お兄ちゃんたち、どこから来たの？」

「北海道《ほっかいどう》だよ。北海道《ほっかいどう》からさ、このゴン太と一緒《いっしょ》に静岡《しずおか》まで来たんだ」

「ねえ、お兄ちゃんたちは、埼玉《さいたま》って知ってる？」

「知ってるよ、北海道《ほっかいどう》から来るときも通ってきたしさ。なるとちゃん、よく埼玉《さいたま》を知ってるね」

「だってさ、ボクのお母さん、埼玉《さいたま》で働いてるんだもん」

シマくんとなるとちゃんの会話を聞きながら、ボクはその前に聞いた園長先生の話を思い出した。

「なるとちゃんのお母さんは、なるとちゃんが4才のときに家出をしたまま、ずっと消息《しょうそく》を絶《た》っているんです。風のうわさでは、埼玉《さいたま》あたりにいるらしいんですけど……」

赤ちゃんのころから、お父さんはいなくて、お母さんとふたり暮《ぐ》らしだったというなるとちゃん。そのお母さんもいなくなって……。

「ねぇ、お兄ちゃん、ボクも馬がほしいなぁ。馬って高いの？」

「高いよう。大きくなって、お金をたくさん稼《かせ》ぐようになってからでないと買えないよ」

「お母さん、お正月に帰ってくるとき、お土産《みやげ》に買ってきてくれないかなぁ」

クリクリとした大きな瞳《ひとみ》をかがやかせて話す、なるとちゃん。こんなかわいい子を残して家出するなんて……。なるとちゃんとお母さんが一日も早く、親子一緒《いっしょ》に生活できることを祈《いの》りつつ、ボクとシマくんは施設《しせつ》をあとにした。なるとちゃん、幸せになるんだよ！

シマくん、ケガで病院へ

静岡市《しずおかし》から焼津《やいづ》、藤枝《ふじえだ》をすぎると島田《しまだ》に入り、待ちかまえているのは、大井川《おおいがわ》の鉄橋。

車のラッシュには少し慣《な》れたボクだけど、トンネルと橋はどうしても苦手だ。だってさぁ、トンネルって、真っ暗なところに、車のライトがエンジン音とともに近づいてくるんだよ。どうしても「怖《こわ》〜い！」ってなってしまうよね。シマくんも「オレでも怖《こわ》いんだから、ゴン太が怖《こわ》がるのは無理ないよなぁ」と、わかってくれてる。

次に怖《こわ》いのは橋。橋の上って、ダンプなんかが通るとゆれる。車の振動《しんどう》って、ボクの足から体に伝わってくると、体がすくんでしまって、足が動かなくなってしまうんだ。シマくんもそれがわかってるだけに、この大井川《おおいがわ》の鉄橋の1キロもの長さを見て、「フ〜ッ！」。大きなため息をついたあと、「行くしかないか！　ゴン太、頼《たの》むぞ！」。ボクの首すじをポン！とたたき、ボクを勇気づける。

わかったよ。雨も降《ふ》ってるし、ノロノロ歩きはよけいに怖《こわ》いから、ボク、一気に走りぬけるよ！

「行くよ、シマくん！　しっかりとボクの背中《せなか》に、しがみついていてよね！」

一目散《いちもくさん》に走り出したボクだけど、ダ、ダメだ！　雨で、足の蹄鉄《ていてつ》がすべる！　下はコンクリートと鉄だから無理もないんだけど、ツルン！とすべりそうになる。そのたびに、ボクの体は左右にゆれるから、シマくんは必死の思いだったみたい。やっと、1キロを渡《わた》り終えたとき、シマくん、疲《つか》れ切った表情《ひょうじょう》で「いやぁ、長かった……怖《こわ》かった……」と、声も消えいりそう。

「ふり落とされたら、右は車の洪水《こうずい》で、左は何十メートルか下に、水かさの増《ま》した大井川《おおいがわ》だろ。どっちに落ちても助からないから、もう、ひたすら、ゴン太の太い首っ玉にしがみついてたけど、いやぁ、よかった！　助かった！」

死ぬほどの思いをしたシマくんだけど、翌日《よくじつ》は本当に入院してしまう。この日は金谷《かなや》で1泊《ぱく》し、翌日《よくじつ》は浜松《はままつ》をめざしたんだけど、掛川市《かけがわし》の少し先で、とうとう交通事故にあってしまったんだ。

ところは国道1号線。西へ西へと進んでいたボクたちだけど、いきなり、後ろから来た車に、ガツーンと右足を引っかけられたシマくん。ボクの背中《せなか》から路上にもんどりうって転げ落ちちゃったんだ。車はそのまま行ってしまい、シマくんは道路にうずくまったまま動かない。

「シマくん！」、ボクが走り寄《よ》ると、やっと立ち上がったけど、「大丈夫《だいじょうぶ》だよ、ゴン……」、そこまで言って、身をさくような痛《いた》みに耐《た》えきれなくなったみたいで、その場にまた、倒《たお》れこんでしまう。パトカーと救急車が到着《とうちゃく》し、シマくんは病院へ。

「ぼ、ボクより、ゴ、ゴン太の宿を！」救急車に運ばれながら、おまわりさんに頼《たの》みこむシマくん。

「大丈夫《だいじょうぶ》だ。知りあいの農家に頼《たの》んで、馬は泊《と》めてもらうことになってるから」と、おまわりさん。

その夜、ボクは鈴木《すずき》さんという農家の小屋に泊《と》めてもらい、ひとりぼっちの不安な夜を送った。シマくんがそばにいないのって、こんなにさびしくて、心細いことなんだね。あのケガのようすだと、何日も入院するかも。もしかすると、ケガがひどくて旅が続けられないかも……シマくん、病院のベッドで、どんな気持ちでいるんだろう……シマくん、早く会いたいよ！ でも、シマくんはボクの何十倍ものつらい思いで、ベッドに横たわってるはずだ。シマくん、ボク、何日でもここで待ってるからね！ その夜は、ほとんど眠《ねむ》ることもできず、朝方になって少しだけ、ウトウトした。

「ゴン太、出発だぞ！」、シマくんの声。

ボク、夢を見てるんだ……そう思いながら目をあけると、肩《かた》から包帯《ほうたい》で右腕《みぎうで》をつるし、右足にも包帯《ほうたい》を巻《ま》いたシマくんが、目の前に立ってる！ シマくん、どうしたの？ 大丈《だいじょう》夫《ぶ》なの？

「入院なんかしていられるかよ、ゴン太！　病院で検査《けんさ》をしてもらったら、幸い骨《ほね》は折れていなかったから、大丈夫《だいじょうぶ》だよ！」

ほんとに大丈夫《だいじょうぶ》……？　でも、わかったよ、先に進もう！

包帯姿《ほうたいすがた》のシマくんと

今日は12月14日。函館《はこだて》を出発して52日目、ボクたちの旅も約半分だ。と言っても、ケガをして入院したのに、病院を飛び出してきたシマくん。肩《かた》から包帯《ほうたい》で右腕《みぎうで》をつるしているし、右足も包帯《ほうたい》で乗馬靴《じょうばぐつ》が入らないから、左足だけ乗馬靴《じょうばぐつ》、右足はサンダルという、おかしなかっこうだ。

「笑うな、ゴン太！　乗るぞ！」

エッ？　それでボクの背中《せなか》に乗るの？　大丈夫《だいじょうぶ》？　左手と左足しか使えないからひとりでは乗れず、「すみません、お尻《しり》を押《お》してください」、人に頼《たの》んでやっとボクの背《せ》に乗った。でも、すぐにボクが小石につまずき「アッ、ごめん！」で、シマくん、ボクの背中《せなか》からスッテンコロリン。

「い、痛《いて》え！」

立ち上がると「やっぱり、乗れる状態《じょうたい》じゃないな……」、ようやく、あきらめたみたいで、ボクを引っぱり、車の少ない旧東海道《きゅうとうかいどう》を進む。掛川《かけがわ》から袋井《ふくろい》、浜松《はままつ》、新居《あらい》から愛知県《あいちけん》の豊橋《とよはし》へと旅は続く。足を引きずりながらだから、いつもは1日30キロ近く進めるのに、半分の15キロぐらいしか進めない。

「ゴン太、こんな調子じゃ、来年の3月までに鹿児島《かごしま》に着けないかも……」

楽天家のシマくんも、ちょっぴり、あせり気味。でも、シマくんのかっこうのおかげでいろんな人が声をかけてくれて「大変だなぁ、うちに泊《と》まりなよ」、一番、面倒《めんどう》な宿探《やどさが》しがスムーズに決まる。

豊橋《とよはし》の二川町《ふたがわちょう》では「止まれ！」、でっぷり太ったおじさんから声をかけられる。

「オイッ！　オレんちに泊《と》まっていけ。ハハハ！」

おじさん、結婚式《けっこんしき》の帰りだそうで、連れの男の人とふたり、かなり酔《よ》っぱらってるみたい。連れのおじさんと、こんなやりとりを始めた。

「今日は、オレの家で泊《と》まればいいから」

「お前の家は岐阜県《ぎふけん》じゃないか」

「岐阜《ぎふ》だって、車だったらすぐだ」

「バカ、馬だぞ。馬がそんなに速く、走るか」

「そうか、馬か。じゃあこの近くで宿を探《さが》すわけやな……そうだ！　アイツのとこに行こう！」

ボクとシマくん、何が何だかわからないまま、そのおじさんたちの友だちのところへ引っぱって行かれる。大きなミカン畑をもつ畑野《はたの》さんという農家で、おじさんたちも今夜は泊《と》まるんだって。

「ゴン太、ただの酔《よ》っぱらいかと思ったら、太ったおじさんは岐阜《ぎふ》の大きな繊維会社《せんいがいしゃ》の社長さんで、もうひとりは大学の教授《きょうじゅ》だよ！」。名刺《めいし》をもらったシマくん、驚《おどろ》いている。

「とにかく、こいつらは変わり者だよ。8年ぶりにひょっこり訪ねてきたと思ったら、キミたちのようなめずらしいお客さんを連れてくるし」と畑野《はたの》さん。

「何言ってんだ。お前だって変わり者だよ」

シマくんがそのやりとりを聞きながら笑っていたら、「何を笑っとる！　お前かて、馬で旅行なんて、相当の変わり者やぞ！」と、社長さん。シマくん、傷《きず》は、まだまだ痛《いた》むみたいだけど、心の傷《きず》は少し晴れたみたい。笑顔を見て、ボクもひと安心だ！　さぁ、明日からもがんばろうね！

新聞の記事にもなっていて

翌日《よくじつ》は、大学教授《きょうじゅ》のおじさんが、勤務《きんむ》している大学の馬術部《ばじゅつぶ》を紹介《しょうかい》してくれた。到着《とうちゃく》すると、馬術部《ばじゅつぶ》のみんながボクとシマくんをこころよく迎《むか》えてくれた。

「かわいいわねぇ」、「目に愛嬌《あいきょう》があるわ」。部員さんたちがボクを取り囲み、顔とか体をさわる。ちょ、ちょっとやめてよ！　くすぐったいし、それに照れちゃうよ。

「私たち、大きな馬しか見たことないし、ゴン太くん、本当にかわいいんだもん！」

シマくん、助けてぇ！　アレッ、いないよ？　どこへ行ってたのかと思ったら、30分ぐらいで戻《もど》ってきて、「馬術部《ばじゅつぶ》の馬に乗ってみたんだけど、やっぱり、ほかの馬にさわるのは、まだ怖《こわ》いよ。ゴン太だと、口の中へ手を入れたり平気なのにさ」。

部員さんたちも、「自分の世話している馬は怖《こわ》くないですけど、ほかの馬は怖《こわ》いですよね」と言う。へぇ～、同じなんだ。部員さんたち、馬術部《ばじゅつぶ》での生活を教えてくれたんだけど、これがけっこうたいへんなんだ。3名ずつ交代で部室に泊《と》まり、朝5時に起きてカイバを作って、糞《ふん》の始末をし、馬の体をふき、それから学校へ。授業《じゅぎょう》が終わると、夕方、乗馬練習をし、また朝と同じことをくり返す。

「でも、それを苦痛《くつう》とも何とも思ってませんから」

「そうです。馬の世話をするのが楽しいんですよ。自分の愛馬にカイバをやり、体をマッサージし、敷《し》きワラを充分《じゅうぶん》入れて、寝《ね》ぐらを作ってあげる。当然のことですし、楽しくて仕方ないんです」

シマくんも、その言葉にすごく共感したみたい。

翌朝《よくあさ》、馬術部《ばじゅつぶ》の部員さんたちに見送られ、出発したボクとシマくん。午後、豊川市《とよかわし》で天《てん》然記念物《ねんきねんぶつ》の御油《ごゆ》の松並木《まつなみき》を見ていると、「新聞に出てたの、キミたちだろう？」と、若者に声をかけられる。

ボクたちの旅って、これまで何回も新聞の地方版《ちほうばん》で記事になっていて、この朝も掲載《けいさい》されてたんだ。この若者、鈴木《すずき》さんといって、近くの工場で働いているんだって。

「今日は休日で、みんなも寮《りょう》にいるから、泊《と》まっていけよ」と言ってくれる。

「ゴン太、少し早いけど、泊《と》めてもらおうか？」とシマくん。そうだね。

鈴木《すずき》さんについていくと、出迎《でむか》えてくれたのは、20名もの工員さんたち。シマくん、たちまち取り囲まれる。そのときだ。

「誰《だれ》だ！　こんなところに馬をつないだのは！」、突然《とつぜん》のどなり声。この工場の社長さんだ。

「す、すみません！」、あわてて、事情《じじょう》を説明するシマくん。寮《りょう》に泊《と》めてもらうなら、まず、社長さんの許可《きょか》を取っておくべきだったよね。困《こま》ったなぁ。追い出されるかも……と思ってると、「ボクが、泊《と》めてあげるよってつれてきたんです。いいでしょ！」と鈴木《すずき》さん。「そうよ、問題ないじゃないの！」「どこがいけないの！」と、みなさん。

この逆襲《ぎゃくしゅう》に、社長さんもタジタジになり、「いやぁ、ちょっとびっくりしたからさ。それだけだよ。キミ、ゆっくりしていきなさい」と言い残して帰っていった。

そんなこんなで、この日は無事に工場に泊《と》めてもらうことができたんだ。

寝袋《ねぶくろ》がなくなった!?

12月21日、みなさんに見送られて出発。岡崎市《おかざきし》に入り、シマくんの友だちの野村《のむら》さんの家に2泊。今日は刈谷《かりや》から名古屋《なごや》をぬけ、三重県《みえけん》の桑名《くわな》まで行く予定。朝早く出発したんだけど、名古屋《なごや》に着いたのは午後の2時。交通量の多い大都会、名古屋《なごや》をやっと通過《つうか》し、名四国道《めいしこくどう》に入って、桑名《くわな》まであと3時間ほどとなったところで「まずい！　寝袋《ねぶくろ》がない！」とシマくん。ボクの背中《せなか》に積んでいた寝袋《ねぶくろ》が、どっかで落っこちちゃったみたい。

寝袋《ねぶくろ》は野宿をするとき、絶対《ぜったい》に必要なものだ。あわてて、来た道を引き返す。2時間ばかり、キョロキョロ捜《さが》していると、道端《みちばた》に落ちていた。シマくん、ひと安心だけど、時間はすでに午後6時。

「どうしようか、ゴン太。今から桑名《くわな》へ行くと夜の9時ごろで、そんな夜遅《おそ》くからの宿探《やどさが》しは無理だ。ここはまわりが田んぼばっかりだし……仕方ないから野宿しようか？」

ボクはいいけど、シマくんは大丈夫？

「寝袋《ねぶくろ》があれば平気さ。苦労して寝袋《ねぶくろ》を見つけたかいがあるってもんだよ」

シマくん、ドライブインで水をもらってボクの夕食づくり。自分は買ってきたパン2個。

「とりあえず、歩けるところまで歩こう」

夜道を歩き出し、桑名《くわな》を通って、四日市《よっかいち》まで15キロという道路標識《どうろひょうしき》の前で12時近くになってしまった。ちょうど空き地があったので、そこで野宿。ボクにも毛布をかけてくれて、シマくんは寝袋《ねぶくろ》に。寒すぎてシマくんはほとんど眠《ねむ》れなかったみたい。

12月24日、今日はクリスマスイブだ。でもボクたちの旅には、クリスマスもお正月もない。12月の寒風に吹かれて、お昼前、四日市《よっかいち》に到着《とうちゃく》。ここではシマくんの友だちの磯上《いそがみ》さんが出迎《でむか》えてくれる。

1泊《ぱく》した翌日《よくじつ》は、磯上《いそがみ》さんに頼《たの》まれて、近くの幼稚園《ようちえん》へ。園児たちはボクにさわったり、乗ったりして大ハシャギ。ボクも喜んでもらえてすごく楽しい気分だった。

どうする？ 大晦日《おおみそか》

磯上《いそがみ》さんのところでさらに1泊《ぱく》し、12月27日。起きたら雪が降《ふ》っていたけど、津市《つし》にある大学の馬術部《ばじゅつぶ》をめざして出発。午後到着《とうちゃく》すると、馬術部《ばじゅつぶ》のみなさんが全員で出迎《でむか》えてくれた。ここでもボクは「ゴン太くん、かわいい！」と、大人気！「ここがゴン太くんの寝《ね》るところよ」、さっそく、馬房《ばぼう》に連れていってくれる。

夜は三重県《みえけん》の馬術連盟《ばじゅつれんめい》の人も来て、シマくんの鞍《くら》を見ると、「この鞍《くら》じゃ、とても九州《きゅうしゅう》まで持たない。ボクの鞍《くら》をあげよう」と立派《りっぱ》な鞍《くら》をプレゼントしてくれる。函館《はこだて》で買った中古の鞍《くら》は、ボロボロだ。宮城県《みやぎけん》の我妻《わがつま》さんからもらった乗馬靴《じょうばぐつ》も今では底がぬけてしまい、シマくんはひもでしばってはいている。ジーンズだってそうだよ。乗馬のときって、どうしても両足の太ももの部分がスレるから、その部分が破《やぶ》れてしまうんだ。シマくんが今、履《は》いているジーンズは3本目だもんね。

馬術部《ばじゅつぶ》のみんなって、年末からお正月にかけても実家に帰らず、ここですごすんだって。

「牧場で牛とかを飼《か》ってる人もそうですけど、動物にとっては、お盆《ぼん》とか正月って関係ないですもんね。ボクたちにとっては、毎日が〝お馬さん第一〟ですから」と部長さん。

じつはシマくんも、このところお正月をどうすごすかを考えていて、ボクにも相談してくれてたんだ。正月って農家も泊《と》めてくれないだろうし、飼料屋《しりょうや》さんなんかも休みだよね。そうかといって、年末に泊《と》めてもらった家に「このまま正月も泊《と》めてください」と頼《たの》むのも、ずうずうしすぎるよね。

「ここのみなさんは〝正月もいれば？〟と言ってくれてるけど、地図を見てたらさ、ここから70キロぐらい進んだ奈良県《ならけん》の天理《てんり》にも大学があって、馬術部《ばじゅつぶ》があるんだ。さっき、電話したら、正月、泊《と》めてくれるっていうんだよ。だから、出発！」

いいけど、70キロ先だよね？　ボクたちってどんなに急いでも1日、40キロぐらいしか進めないよ。途中《とちゅう》で泊《と》めてくれるところはあるの？

「無い！」

無いって、それじゃどうすんの？

「歩くんだよ。着くまで、徹夜《てつや》してでも歩くの！」

シマくんと旅をして2か月。その言動にあきれかえることって何回もあったけど、もう一度言うね。シマくん、キミって、いったい、どういう性格《せいかく》してんの！

吹雪《ふぶき》の伊賀上野越《いがうえのご》え

12月30日。天理《てんり》の大学をめざすボクとシマくん。外は雪一色だ。

「ゴン太、明日は大晦日《おおみそか》だというのにさぁ、オレとお前は雪の中。今ごろ、みんなはあたたかいコタツに入って、ミカンでも食べながら、テレビを見てるんだろうなぁ」

そうだよ。無理して出発することはなかったのにさ。

榊原《さかきばら》から伊賀上野《いがうえの》へ。忍者《にんじゃ》の里は吹雪《ふぶき》で前がよく見えない。

「天理《てんり》まではまだ50キロか……でも31日の夜までには着きたいから歩くよ。そ、それにしても、さ、寒い！」

まわりは雪一色。夜中で気温はどんどん下がっていく。

「ちょ、ちょっとゴン太、待ってくれ」、シマくんがうずくまる。

「い、痛《いて》え〜！」。事故で痛《いた》めた右足の傷口《きずぐち》が完全に治ってなくて、寒いとすごく痛《いた》むみたい。シマくん、いつものように、ボクの背中《せなか》に乗りなよ？

「いいよ。こんな雪の中、オレを乗っけて歩くなんて大変だよ。一緒《いっしょ》に歩くから」

遠慮《えんりょ》するなんて、シマくんらしくないよ。北海道《ほっかいどう》生まれのボクは、寒さなんて平気だし、馬力《ばりき》っていうぐらいで、いざとなると強いんだからさ。

「わかった。ありがとう」

ボクの背《せ》に乗ったシマくん。雪が顔に吹《ふ》きつけるから、ボクの首にしがみついてくる。

「うわぁ！　ゴン太の体温があったかいよ！」

ここはボクにまかせて！　闇《やみ》の中を歩くのって不安だけど、シマくんと一緒《いっしょ》だもんね！

それに、この一本道って、通行止めなのかな？　車が1台も通らないから安心だよね。

夜明け、雪もやんで、朝日が出てきた。シマくんがボクの背《せ》から降《お》り、ジャンパーに積もった雪を払《はら》い、荷物袋《にもつぶくろ》からタオルを出して、ボクの体をふいてくれる。

「ゴン太、ありがとう！　助かったよ」

頭を下げ、ボクにお礼を言うシマくん。

「さぁ、ゴン太、お互《たが》い、眠《ねむ》いけど、がんばって歩こう！」

まかせといて！　夕方、やっと天理《てんり》に着く。みなさんがあたたかく迎《むか》えてくれた。さぁ、いよいよ、明日はお正月だ。除夜《じょや》の鐘《かね》がどこからか静かに響《ひび》く。

「ゴン太、難所《なんしょ》の東海道《とうかいどう》はどうやらぬけられた。来年もよろしくな！」

うん！　九州《きゅうしゅう》めざして、がんばろうね、シマくん！

5 章

ゴン太、恋をする!?
～近畿《きんき》・中国編《ちゅうごくへん》

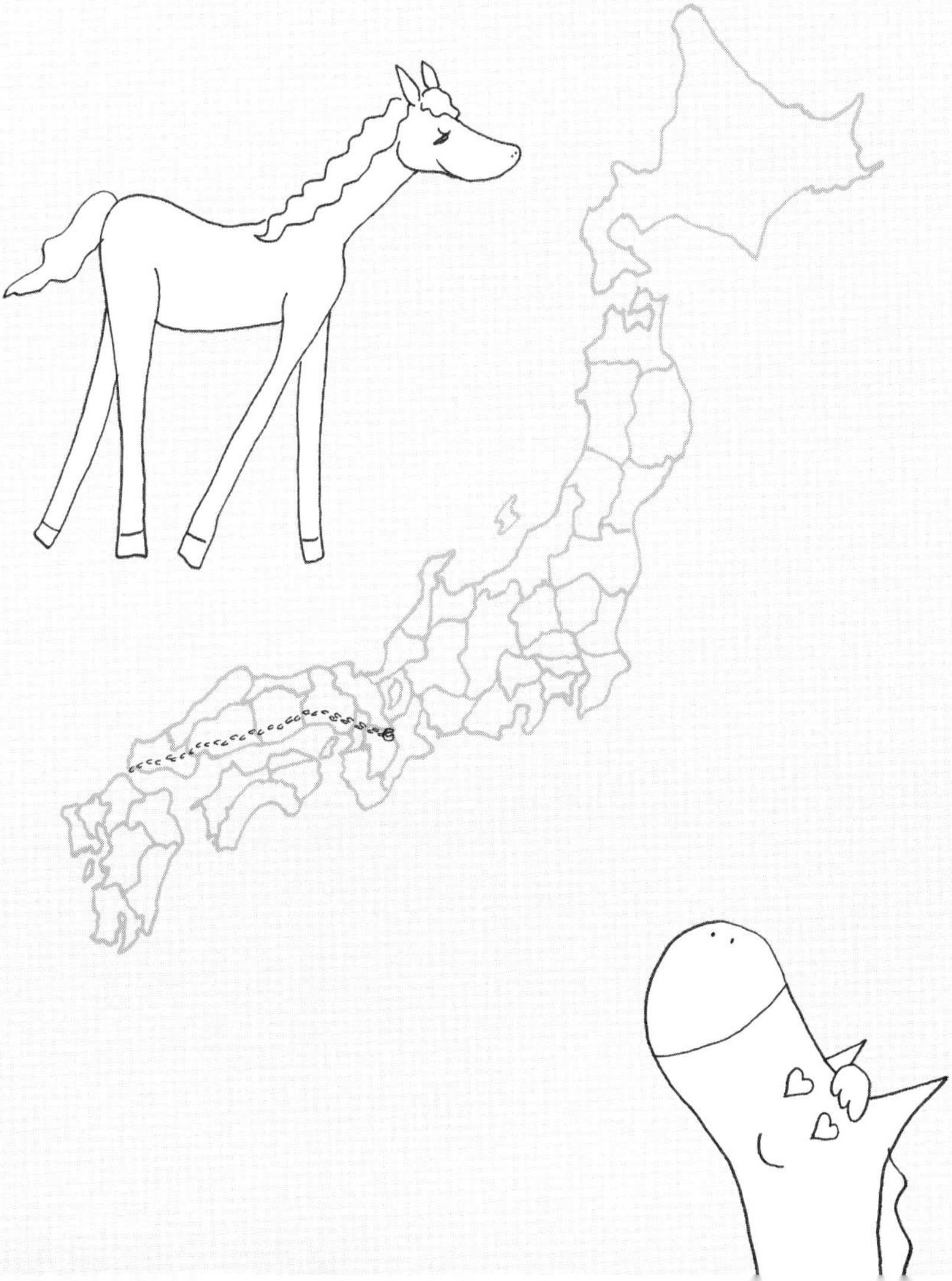

雨上がりを待って、新年の旅立ち

大晦日《おおみそか》に奈良《なら》の大学の馬術部《ばじゅつぶ》に到着《とうちゃく》し、新年を迎《むか》えたボクたち。

「ゴン太、出発は4日だから、のんびりと、これまでの旅の疲《つか》れを取ってよ」とシマくん。

そういうシマくんだって、そうとう疲《つか》れがたまってるはずだよね。

3日間の休養をお互《たが》いに取り、4日目に出発しようとしたら外は雨。馬術部《ばじゅつぶ》のみなさんに引き止められ、「それじゃあ、次の日に……」となったんだけど、結局、次の日も雨。その後も雨は降《ふ》り続き、ボクたちが出発したのは8日になってしまった。

生駒山《いこまやま》を右にして大阪府《おおさかふ》へ入る。このへんは山道で車の量も少ないから、ボクもひと安心さ。夕方、交野《かたの》に着き、シマくんは宿探《やどさが》しで、交番に飛びこむ。

「今夜、泊《と》めてくれる農家とか、紹介《しょうかい》していただけませんか?」

でも交番のおまわりさんは、「ないなぁ、馬を泊《と》めるとことか、あらへんわ」と、つれない返事。

「どっか、ないですかねぇ……」、ねばるシマくん。

「それよりキミ、何で馬なんかに乗って旅行しとるんや? そうや! まず、本籍地《ほんせきち》から聞こか」

おまわりさん、職務質問《しょくむしつもん》を始めちゃった！　これには最初、ムッとしたシマくんだったけど、でも、きちんと答えたのが大正解！　シマくんの本籍地《ほんせきち》を聞いたおまわりさん、

「何や！　キミとワシは同郷《どうきょう》やないか！　ワシは、キミの生まれた隣《となり》の市の出身や。よしっ！　同郷《どうきょう》のよしみや。うちに泊《と》めてやる。馬は車庫で寝《ね》てもらえばええ」。

　このおまわりさん、阿部《あべ》さんっていうんだけど、最初はそっけなかったのに大変身！ボクのことも最初は「馬」って言ってたのに「ゴン太ちゃん」って呼《よ》びだした。おじさんに「ゴン太ちゃん」って呼《よ》ばれるのって、背中《せなか》のあたりがこそばゆい気分。でもさ、「ゴン太ちゃんは、ワラとフスマを食べるのか。よしっ！」と、近所の農家からもらってきてくれたりして、すごく親切にしてくれたんだ。

橋の連続に汗《あせ》ビッショリ

　1月9日。大阪《おおさか》の交野《かたの》を出発。今日は、ほんと、怖《こわ》かった。だって、大阪《おおさか》って橋がものすごく多いんだもん。枚方《ひらかた》から高槻《たかつき》を通って箕面《みのお》に出たんだけど。橋ばっかり！　大井川《おおいがわ》の鉄橋《てっきょう》のときのように雨は降《ふ》っていなくても、橋はやっぱり怖《こわ》い。橋にさしかかるたびに

ピタリ！と立ち止まってしまうボク。シマくんがそんなボクを「ゴン太、がんばれ！」と、励《はげ》ましてくれる。

シマくん、ボク、勇気を出してかけぬけるから、シマくん、ボクの背中《せなか》にしっかりと、つかまっててよ！　怖《こわ》いから、猛《もう》スピードで橋の端《はし》っこを突《つ》っ走るボク。ひとつ、橋を越《こ》えるごとに、ボクもシマくんも背中《せなか》は冷や汗《あせ》でびっしょり！

夕方、箕面《みのお》に着き、交番の紹介《しょうかい》で農家に泊《と》めてもらって、ようやくひと安心。お互《たが》いの無事を確認《かくにん》しあうように、ホッとしたボクたちだった。

1月10日の朝、箕面《みのお》を出発。歩き始めるとすぐに「アンタら、どっから来たん？」、中年の女性から声をかけられる。シマくんが「北海道《ほっかいどう》からです」と答えると、「なつかしいわぁ！　道産子《どさんこ》を見るのも何年ぶりやろ」と、ボクの頭をなでまわし「家がすぐそこやから寄《よ》っていってや」と、シマくんの返事も聞かずに、ボクの手綱《たづな》を持って歩きだす。

家に着くと、「このパン、おいしいんやで」などと、いろいろともてなしてくれる。

「ゴン太も食べなよ」

シマくんが、パンをくれる。うん、ありがとう！

ボクがパクリ！と食べると「うそや！　馬がパン、食っとるがな！」と、驚《おどろ》いている。これは後日談だけど、大学の農学部の先生たちも、「ゴン太はパンやおにぎりも食べます」と聞いて、「まさか！　ふつうの馬はそんな物、食べないのに……」と驚《おどろ》いていたんだって。

旅行中、ひと休みのときボクはおやつがわりに道端《みちばた》の草を食べたりするんだけど、都会だと草なんかない。そんなとき、シマくんが自分の食べているパンを「お腹《なか》すいてるだろ？」って半分くれるんだ。ボクも最初食べたときはおっかなびっくりだったんだけど、これがけっこうおいしい。

大阪《おおさか》出身で、北海道《ほっかいどう》の人と結婚《けっこん》して函館《はこだて》に5年ぐらい住んでたっていうオバチャン。まだ話したりないようすだったけど、お礼を言って出発。

「ゴン太、それにしても、すごいパワーだよな」

うん、シマくん、パワーを分けてもらった気がするね。

「応援《おうえん》しとるさかいにな。どんなことしても鹿児島《かごしま》まで行くんやで」と、元気づけてくれたオバチャン、ありがとう！　ボクたち、がんばるからね！

サラブレッドの美鈴《みすず》ちゃん

その日は西宮《にしのみや》の手前の伊丹《いたみ》まで進み、「うちに泊《と》まれよ」と声をかけてくれた戸田《とだ》さんのところにお世話になる。翌日《よくじつ》の神戸《こうべ》では乗馬クラブに泊《と》まり、その次の日は明石《あかし》の小学校に泊《と》めてもらう。宿直の先生が、歩いているボクたちを見つけ、声をかけてくれたのだ。近所の人がワラを持ってきてくれて、物置にワラを敷《し》き、ボクの寝床《ねどこ》づくり。シマくんは、宿直室で先生と寝《ね》た。

翌日《よくじつ》の1月14日は姫路《ひめじ》の競馬場泊《ど》まり。ここには、サラブレッドの競走馬がたくさんいるんだって。ボクのような純粋《じゅんすい》な日本の馬と違《ちが》って、サラブレッドは原産地が西洋で、スマートだし、脚《あし》も長くて速い。背《せ》だって、ボクより30センチぐらい高い。そのサラブレッドに、ジロリ！と見られると、コンプレックスかもしれないけど「きっと、〝カッコ悪～！〟っていう、まなざしで見てるんだろうなぁ」と思っちゃうんだよね。

その日、ボクが泊《と》まった馬房《ばぼう》のお隣《となり》にはサラブレッドのミスズマリリンちゃんがいた。

彼女が「私のことは美鈴《みすず》って呼《よ》んで。美鈴《みすず》は〝美しい〟に〝鈴《すず》〟って書くの」と言うので、ボクも「美鈴《みすず》ちゃん」って呼《よ》ぶことにした。美鈴《みすず》ちゃんは、ボクと同じ北海道《ほっかいどう》生まれなんだけど、競走馬のふるさとと言われる浦河《うらかわ》で育ったんだって。

「私、浦河《うらかわ》からすぐ姫路《ひめじ》に来たでしょう？　だからほかの町のことは何にも知らないの。ゴン太くんの旅の話、聞かせて！」

ボクはシマくんとの出会いから今日までの旅を美鈴《みすず》ちゃんに話した。喜んで聞いてくれて、青森《あおもり》でボクが逃《に》げだした話には「ゴン太くんの気持ち、わかる！」と大きくうなずいてくれた。

その美鈴《みすず》ちゃんが急に黙《だま》りこんだ。ボクが芦ノ湖《あしのこ》でお母さんに会いに行って、亡《な》くなったことを知った話のときなんだけど、「どうしたの？」と美鈴《みすず》ちゃんを見ると、ポロポロと涙《なみだ》を流してるんだ。

「お母さんも、ゴン太くんにすごく会いたかったと思うわ」

「ボクも会いたかった。でもね、今はずっと天国からボクを見守ってくれてると思うんだ」

「そうよ。ゴン太くん、がんばってるんだもん。お母さんも応援《おうえん》してくれてると思うわ」

旅のエピソードを話し終えると「ゴン太くんってかっこいいし、ステキだね」と美鈴《みすず》ちゃん。
「ボクが？　シマくんからはいつも〝脚《あし》も短いし、かっこわる〜〟って言われてるんだよ」
「ううん、かっこいい。だって一生懸命《いっしょうけんめい》がんばってるんだもん。すごくかっこいいわよ。私も競走馬としてがんばってたつもりだけど、ゴン太くんの話を聞いて、まだまだだと思ったわ」

美鈴《みすず》ちゃんは、これまで10回以上のレースに出走したんだけど、一度も勝ったことがないんだって。

「私のお母さんは北海道《ほっかいどう》の牧場にいるの。競馬場の人がね、〝勝ったら、お母さんに知らせてあげるから〟と言ってくれてるんだけど、どうしても勝てないの。〝私ってダメなんだわ〟って落ちこんでたんだけど、ゴン太くんにすごく勇気づけられちゃった。ありがとう、ゴン太くん！　私、お母さんに喜んでもらうため、次のレースでは、がんばるから！」

これって初恋!?

美鈴《みすず》ちゃんってほんと、いい子だよね。真剣《しんけん》にボクの話を聞いて、涙《なみだ》まで流してくれる。まだ、会ったばかりだけど、何だかボク、好きになっちゃったみたい。これって初恋なのかな。

そう思ったら胸《むね》がドキドキし始めちゃって、何だか、美鈴《みすず》ちゃんの顔を見るのが恥《は》ずかしい。アッ！、まずい！　シマくんの足音だ！　シマくんにはボクのこんな気持ち、知られたくない。

「美鈴《みすず》ちゃん、ちょっとの間、知らんぷりしててね。仲よく話してるところを見られると、シマくんって絶対《ぜったい》、ボクをからかうから」

「わかったわ」

ボクたちの馬房《ばぼう》に「ゴン太、食事の時間だ」と、カイバの入った桶《おけ》を持って入ったきたシマくん。隣《となり》の美鈴《みすず》ちゃんをチラリと見て、ボクの耳元で「ゴン太、お前って本当にモテないよなぁ。せっかく、隣《となり》同士なのにソッポを向かれてるぞ。絶対《ぜったい》にお前のこと〝何て、かっこ悪い馬なの！〟と、バカにしてるんだよ」だって。

ひどいこと言うなぁ。仲のいいところを見せてあげたいけど、ここはがまん、がまん。

「じゃあ、ゴン太、おやすみ」。言いたいことだけ言って、馬房《ばぼう》を出ていくシマくん。

「私たちもおやすみしましょう。おやすみ、ゴン太くん！」

美鈴《みすず》ちゃん、顔を近づけてきたと思うと、ボクのほっぺにおやすみのチュ！　その瞬間《しゅんかん》、

「見たぞ、ゴン太！」。シマくんの声。帰ったと思ったら、かくれてたんだ。

「何だ、今のは？　どうなってるんだ、ゴン太？　説明しろ！」

「説明しろって、ボクだって驚《おどろ》いているんだ。感激《かんげき》というか、美鈴《みすず》ちゃんから……」

それにしても一番、まずい人間に見られちゃった。ボク、ピ～ンチ！

別れはつらいけど……

サラブレッドの美鈴《みすず》ちゃんから「おやすみ！」のチュウをされるところを、シマくんに見つかってしまったボク。一番見つかってはいけない人間に見つかっちゃったんだよね。

「ゴン太、今夜は遅《おそ》いから、明日、ゆっくりと話を聞くからな。どうしてモテないはずのお前が、チュウなんてされるのか？　世にも不思議な出来事を説明してもらうから、覚悟《かくご》しておけよ！」

そう言って、立ち去ったシマくん。何か、明日はさんざんシマくんから、からかわれそう。でもいいんだ！　ボクは美鈴《みすず》ちゃんが好きだし、その美鈴《みすず》ちゃんからチュウされるなんて夢《ゆめ》みたいだよ。ボクの気持ちをシマくんに正直に話せばいいんだ。

美鈴《みすず》ちゃんは明日の朝早くから、レースに出るための調教があるんだけど、「ゴン太くん、私、何だか眠《ねむ》れない。ひと晩《ばん》中、話してようか？」と言う。だめだよ！　レースで優《ゆう》勝《しょう》して、お母さんを喜ばせてあげるんでしょ！　調教って、レースのための練習で何百メートルも走るみたいだし、寝《ね》なくちゃだめだよ！　本当におやすみ、美鈴《みすず》ちゃん！

その夜のボクはほとんど眠《ねむ》れなかった。美鈴《みすず》ちゃんも同じだったみたいだけど、ボクはがまんして声をかけなかった。


翌朝《よくあさ》5時半、競馬場の人が、美鈴《みすず》ちゃんを迎《むか》えに来る。

「ゴン太くん、私、行ってくるね。でも、戻《もど》ったときにはいないのかな？」

「たぶん、出発してると思う……」

「私たち、もう会えないの？」

「会えるさ！　絶対《ぜったい》にまた、会えるよ！　ボクは、鹿児島《かごしま》までの、この旅をやりとげる。美鈴《みすず》ちゃんも、レースで1勝する。そうすれば、また会えるときが、絶対《ぜったい》にくるからさ」

「そうだよね！　じゃあ、ゴン太くん、私、行ってくる！　その日までゴン太くん、さようなら！　車に気をつけてがんばってね」と言って、別れぎわ、ポロリ！と涙《なみだ》を流してくれた美鈴《みすず》ちゃん。

つらい！　好きになった女の子との別れってつらいよね。

アッ！　シマくんが競馬場の人と一緒《いっしょ》にやってきた！　こんなときにいろいろと質問《しつもん》されて、からかわれたらイヤだなぁ……アレッ？　シマくん、競馬場の人に何か、頼《たの》みこんでるよ。

「どうしても、もう1泊《ぱく》、泊《と》めてもらうのはダメですか？」

「明後日《あさって》、競馬が開催《かいさい》されるから、出走する馬が今日、運ばれてくるんや。昨夜は、たまたま、馬房《ばぼう》が空いてたから、キミの馬も泊《と》まれたけど、今日は無理やな」

ん？　シマくん、今日も、ここに泊《と》まろうとしてるの？

「ゴン太、ダメみたいだ。出発しようか」

わけもわからず、美鈴《みすず》ちゃんが戻《もど》ってくる前に出発。姫路城《ひめじじょう》の前で記念撮影《きねんさつえい》したとき、シマくんに質問《しつもん》した。シマくんさぁ、何で泊《と》まろうとしたの？

「だって、お前がモテるなんて、一生に一度のことだぜ。もう1泊《ぱく》してさ、美鈴《みすず》ちゃんとの思い出をつくってあげたかったんだよ」

シ、シマくん……ボクをからかうつもりだと思ってたのに……キミって、やっぱり、いいやつなんだね。

美鈴《みすず》ちゃんとの再会!?

「ゴン太、今日は上郡町《かみごおりちょう》まで行こう。あそこだと、農業高校があるっていうし、お前の泊《と》まるところも大丈夫《だいじょうぶ》だと思うから」

わかったよ、シマくん!

姫路《ひめじ》から上郡町《かみごおりちょう》をめざしたボクたちだけど、冬の日暮《ひぐ》れって早いよね。途中《とちゅう》で暗くなってきて、ちょうど、中学校があったので泊《と》めてもらう。ボクは物置小屋でシマくんは宿直室泊《ど》まり。ところがシマくん、夜中にボクのところに寝袋《ねぶくろ》をかかえてやってきた。

「宿直室って毛布とか暖房《だんぼう》もないし、寝袋《ねぶくろ》だけじゃ、すごく寒いんだよ。ゴン太のそばに寝《ね》たほうがあたたかいと思ってさ」

よかった! ボクもひとりだと、美鈴《みすず》ちゃんのことを思い出しちゃって、なんか、せつない気分だったんだ。シマくん、ボクにくっついて眠《ねむ》りなよ。ボクの体温であたたかいと思うから。

「イヤだ、ゴン太くん! だって美鈴《みすず》、寒いんだもん」

やめてよ! ジャレあいながらも、そのうち、眠《ねむ》りについたボクたち。

翌日《よくじつ》の1月16日は、岡山県《おかやまけん》の備前市《びぜんし》へとむかう。お昼に草むらで休んでると「お兄ちゃん、お馬さんに乗せてぇ」と、5才くらいのかわいい女の子。「ゴン太、いいか？」とシマくん。もちろん！

その子はボクの背《せ》に乗ると、首っ玉にしがみつき「お馬さん、だ〜い好き！」と、言いながら、ボクのたて髪《がみ》にほおずりする。何か、くすぐったいけど、こんなに喜んでもらえるとうれしいよね。「お馬さんの名前は？」と聞くので、シマくんが「ゴン太だよ」と答えると「私はみすずっていうの」。

エ〜ッ！〝みすず〟ちゃん？　シマくんも、びっくりした表情《ひょうじょう》で、「どんな字を書くの？」。

「美しい、鈴《すず》って書くの」

あのサラブレッドの美鈴《みすず》ちゃんと同じ名前だなんて、すごい偶然《ぐうぜん》……。美鈴《みすず》ちゃんは、ボクたちが出発しようとしても、そばを離《はな》れず、あとを追いかけてついてくる。シマくんが「帰らないと、お母さんが心配するよ」と言っても「いいの」と、ついてくる。

「道がわからなくなって、帰れなくなるよ」

「幼稚園《ようちえん》の遠足で、ここ通ったもん。わかるわ」そう言ってついてくる。

3キロぐらい歩いたところで、ボクの背《せ》に乗っているシマくんが「ゴン太、こんな純真《じゅんしん》な女の子の心を傷《きず》つけたくはないけど、このままじゃ、困《こま》る。逃《に》げるぞ！」と、耳打ちする。

そうだね、かわいそうだけど、逃《に》げるしかないね。

「行くぞ！」

バッと走り出すボク。美鈴《みすず》ちゃんとの距離《きょり》は、だんだん遠くなっていく。

「お兄ちゃん、ゴン太くん、待ってぇ～！」、悲鳴《ひめい》のような美鈴《みすず》ちゃんの声。

しばらく走ってふり返ると、まだ、ボクたちのほうをみつめて、手をふっている美鈴《みすず》ちゃん。

「さよ～なら！」。大きく、手をふるシマくん。

さようなら、美鈴《みすず》ちゃん。そして、神様、もう一度、美鈴《みすず》ちゃんに会わせてくれてありがとう！

1メートルもジャンプ！

いよいよ岡山県《おかやまけん》だ。岡山《おかやま》といえば桃太郎《ももたろう》。岡山駅前《おかやま》には桃太郎《ももたろう》の銅像《どうぞう》がある。

「ゴン太、オレはお前の世話だけでも精一杯《せいいっぱい》だと思ってるのに、桃太郎《ももたろう》って偉《えら》いよな。サルと犬とキジの世話までして、おまけに鬼退治《おにたいじ》までしたんだぜ」とシマくん。

そうだね、ボクもシマくんの相棒《あいぼう》をするだけで大変だよ。

この日は岡山《おかやま》の大学の馬術部《ばじゅつぶ》泊《ど》まり。翌日《よくじつ》は、部員の人たちが「もう1日、岡山《おかやま》に泊《と》まって、市内を見物していったら?」とすすめてくれて、もう1泊《ぱく》することになった。ボクは馬房《ばぼう》でのんびりとすごし、シマくんは部員の伊藤《いとう》さんの案内で、日本三大名園のひとつに数えられるという後楽園《こうらくえん》や岡山城《おかやまじょう》などを見物した。

1月18日は倉敷《くらしき》で中学校に泊《と》めてもらい、19日の夕方、広島県福山《ひろしまけんふくやま》の競馬場に到着《とうちゃく》。みなさん大歓迎《だいかんげい》してくれて、ボクは競馬場の馬房《ばぼう》に、シマくんは騎手《きしゅ》の高畦《たかうね》さんの家に泊《と》めてもらうことに。

この競馬場では本当にお世話になった。翌日《よくじつ》、蹄鉄《ていてつ》がスリ減《へ》ってるからと、競馬場の蹄《てい》鉄屋《てつや》さんが、タダで打ち替《か》えてくれる。1回何千円もするだけに、貧乏《びんぼう》旅行のシマくんにとっては、大助かりだ。夕べ、世話になった高畦《たかうね》さんの奥《おく》さんからは「そんな破《やぶ》けたジーンズじゃダメよ」と、シマくんにジーンズのプレゼント。10時に出発すると、途中《とちゅう》で待っていてくれた馬主《ばぬし》の矢野《やの》さんが「もう、通るころやと思って待ってたんや。メシでも食って行きなさい」と、お昼ごはんをごちそうしてくれる。ボクも大好物のエン麦《ばく》がどっさり入ったカイバを食べ、大満足。みなさん、ありがとう！

明るい山陽道《さんようどう》の風と光を受けながら、シマくんとボクは旅の幸せを満喫《まんきつ》しながら西へと進む。風は冷たいが、日中はあたたかい日ざしが、ボクたちをつつむ。瀬戸内海《せとないかい》の波の光がまぶしく続く。この日は福山《ふくやま》の競馬場で紹介《しょうかい》してもらった、尾道《おのみち》の畜産市場《ちくさんしじょう》に泊《と》まる。

翌日《よくじつ》の1月21日は、朝9時に出発。細道を少し通り、国道に入ろうとしたら、軽四輪車がサッとまわりこんできた！　うわぁ、逃《に》げられない！　正面衝突《しょうめんしょうとつ》だ！　ん？　アレッ？　ボクの体は1メートルばかりのコンクリートのガードの上。何で、こんなところに飛び乗ってるの？

首をかしげながら元の場所に飛び降《お》りると、シマくんが「ゴン太、オレ、死ぬかと思ったよ……」と、ホッとした声で言いながら「それにしても、お前って、すごいよなぁ」。

ボク、よくわかんないんだ。どうなってんの？　教えて、シマくん。

「車と衝突《しょうとつ》で〝あぶない！〟と思った瞬間《しゅんかん》、お前が横っ飛びでジャンプして、コンクリートのガードに飛び乗ったんだよ」

ほんとに⁉　ボクがシマくんを背中《せなか》に乗っけたまま、1メートルもジャンプしたの？　覚えてないよ。突然《とつぜん》の危機《きき》に、きっと無意識《むいしき》でジャンプしたんだね。

「オレもよくふり落とされなかったよ。ゴン太、お前を見直した！　いざとなったら、あんなジャンプができるんだもんなぁ」

火事場《かじば》のバカ力っていうけど、それと同じだね。


尾道《おのみち》から三原市《みはらし》、東広島市《ひがしひろしまし》を通って、1月23日、広島市《ひろしまし》に。東広島市《ひがしひろしまし》では農家で、広島市《し》ではまた大学の馬術部《ばじゅつぶ》にお世話になる。ここでも部員のみなさんがボクたちをあたたかく、迎《むか》えてくれた。

これまで、各地の大学の馬術部《ばじゅつぶ》に泊《と》めてもらったけど、毎日馬の世話をする部員の人たちって本当に大変だ。馬が好きじゃないととてもできないよね。それだけに馬で旅するシマくんの気持ちもわかってくれて、ボクたちを本当に親切に心から歓迎《かんげい》してくれる。

1泊《ぱく》した翌日《よくじつ》の1月24日の午前中、シマくんは副部長の佐竹《さたけ》さんに案内されて、平和公《へいわこう》園《えん》などを見学に行った。広島《ひろしま》の平和公園《へいわこうえん》。昭和20年8月6日、世界で最初の原子爆弾《げんしばくだん》（原《げん》爆《ばく》）がこの広島《ひろしま》に落とされた。20万人以上の人々が亡《な》くなったんだって。『安らかに眠《ねむ》ってください。過《あやま》ちは繰《く》り返しませぬから』と刻《きざ》まれた原爆慰霊碑《げんばくいれいひ》に、シマくんは手をあわせてきたそうだ。

ボク、ついにダウン

1月24日、午後、広島《ひろしま》の大学の馬術部《ばじゅつぶ》を出発する。

「郊外《こうがい》まで見送るよ！」、馬術部《ばじゅつぶ》のみなさんがそう言ってくれて、4人が馬術部《ばじゅつぶ》の馬4頭に乗り、ほかの部員は歩きで、ボクたちの後ろについてきてくれる。

「ゴン太、すごいな！　サラブレッド4頭を引き連れての市中パレードだぜ！」とシマくん。

そうだね、みんな、立ち止まって「何だ、これは？」という表情《ひょうじょう》で見てるし、ボクが先頭で、大きなサラブレッド4頭を従《したが》えて歩くなんて、いい気分だよ。

1時間ばかり歩くと、市のはずれに到着《とうちゃく》。そこでみなさんとお別れする。この日は、日本三景のひとつ、宮島《みやじま》にある牧場に泊《と》めてもらう。ここには馬は1頭もいなくて乳牛《にゅうぎゅう》ばっかりで、ボクも今夜は牛小屋で、乳牛《にゅうぎゅう》くんたちと一緒《いっしょ》に寝《ね》る。シマくんは牧場の人たちのふとんにもぐりこむ。

翌日《よくじつ》、アレッ？　ボク、体がちょっと変。何だか熱っぽいし、すご〜くダルい。こんなの、生まれて初めてだ。どうしたんだろう……でも、心配させるといけないから、シマくんには内緒《ないしょ》。お昼のカイバも、食べたくなかったけど無理して食べる。午後も必死にがまんして歩き、山口県《やまぐちけん》に入ったんだけど、夕方、岩国《いわくに》で農家の善本《よしもと》さんの家に泊《と》めてもらうことになり、馬小屋に入ったとたん、ホッとしちゃったのか、がまんできなくなって、その場に倒《たお》れこんでしまったボク。

ここからのことは、倒《たお》れてしまったボクにかわって、シマくんの旅日記を紹介《しょうかい》するね。

着いたとたん、ゴン太はゴロン！と横になってしまって、カイバを食べようとしない。「どうしたんだ、ゴン太？」問いかけても、苦しそうに、目を閉じているだけだ。体をふいてやろうと起こしにかかるが、まったく動こうとしない。ゴン太！　本当にどうしたんだ？　馬がすぐに横になったり、カイバを食わなくなったら、どこか悪い証拠《しょうこ》だ。ゴン太は、ここまで本当によくがんばってくれた。

「アンタのように馬の知識《ちしき》ゼロの人と九州《きゅうしゅう》までなんて、馬が参っちゃうね。まぁ、だめだよ」

いろんなところで、そう言われた。しかし、ここまで来た。ゴン太だからここまで来られたんだ。ゴン太を見たある獣医《じゅうい》さんから、「う〜ん、この馬はいい骨格《こっかく》をしている。まれに見る、いい頑丈《がんじょう》な骨組《ほねぐ》みだよ」と言われたときは、自分のことのようにうれしかった。

ボクとゴン太の旅は、だいたい朝8時ごろの出発だ。ときどき降《お》りて歩いたりするが、ほとんど、ゴン太に乗りっぱなし。昼は鞍《くら》や荷物を降《お》ろしてやり、体の汗《あせ》をふいてやる。それからまた、行軍《こうぐん》だ。

馬の歩き方は3通りある。かけ足、速足《はやあし》、並足《なみあし》だ。並足《なみあし》だとふつうのポックラ、ポックラ歩く速さで、人間が歩くのとそうかわらない。速足《はやあし》は少し速くなる。ただ、速足《はやあし》やかけ足だと、長い距離《きょり》は無理だ。馬がバテてしまう。だから並足《なみあし》でずっと旅を続けてきた。だいたい、時速4キロ。自転車なんか、ボクらを簡単《かんたん》に追いぬいてしまう。ただ、ゴン太のほうで、勝手に、かけ足になってくれることもある。橋の上とか驚《おどろ》いたときだ。

それにしても、ここまで、やせもせず、腹痛《ふくつう》も起こさず、よく来てくれたものだ。今まで宿に着くと、ムサぼるようにカイバを食べた。夜中にようすを見に行くと、元気のいい日は立って寝《ね》ている。一日中、歩きっぱなしのときとかは疲《つか》れて横になっているときもあるけど、でも、その分、カイバはしっかりと食べる。それなのに今日は、まったくカイバも食べず、すぐに横になってしまって動かない。
どうしたんだろう？　ゴン太、どうしたんだ？　泊《と》めてもらった善本《よしもと》さんに頼《たの》み、獣医《じゅうい》さんに連絡《れんらく》してもらうが、「ひと晩《ばん》ようすを見てください。明日の朝、診察《しんさつ》に行きます」という返事。ゴン太、オレ、朝まで一緒《いっしょ》にいるからな！　獣医《じゅうい》さんが来るまでがんばってくれ、ゴン太！

かみつく元気があれば、大丈夫《だいじょうぶ》

山口県《やまぐちけん》の岩国《いわくに》で体調をくずし、起き上がれなくなったボク。シマくんの旅日記を紹介《しょうかい》するね。

夜8時ごろ、起き上がってきたゴン太は少しカイバを食べる。しかし10分もしないうちに、また横になってしまう。寝《ね》ているのか、目を閉じたまま、ジッとしている。9時、10時、夜はふけるのに、ゴン太はいっこうにカイバも食べなければ体を起こそうともしない。

「ゴン太！」、頭をなでると、閉じていた目を少しあける。差し出したボクの手をペロペロとなめる。

「がんばるんだ、ゴン太！　明日の朝になれば獣医《じゅうい》さんが来るから」

どこが悪いのか、ボクには全然わからない。不安とやるせないあせりの中、ボクはゴン太の横で朝までの長い時間をすごした。翌朝《よくあさ》、やっと獣医《じゅうい》さん到着《とうちゃく》。風邪《かぜ》だという。ここ1週間はあたたかかったが、おとといの夜、急に冷えたので風邪《かぜ》をひいたらしい。ゴン太は北海道《ほっかいどう》育ちだから寒さには強いのだが、こういう気候の変化には慣《な》れてないようだ。

治るまで無理をさせないよう、できれば乗らないで一緒《いっしょ》に歩くよう注意を受ける。風邪《かぜ》といえば、ボク自身もよく風邪《かぜ》をひかないものだと思う。東京《とうきょう》にいたときはすぐに風邪《かぜ》をひいたりしてたのに、この旅行中は雪の中を徹夜《てつや》で歩いたりもしたけど、不思議に風邪《かぜ》はひかなかった。

この日と次の日は全然乗らないで、ゴン太を引っぱって歩く。1日30キロ、ボクは自分の足で歩いてみて、改めて、ゴン太の強さを痛感《つうかん》した。ボクなんて1日歩いただけで、足が棒《ぼう》のようだ。

山口県《やまぐちけん》の下松《くだまつ》に泊《と》まったのは1月27日。持田《もちだ》さんという家畜商《かちくしょう》の人の家に泊《と》めてもらう。

この人は馬が大好きで、下松《くだまつ》に乗馬クラブを作っていたそうだ。ゴン太のことも「いい馬だねぇ」とほめてくれて、翌朝《よくあさ》、出発するとき、ボクがゴン太の鞍《くら》をつけ、腹帯《はらおび》をしめようとすると「もっと、ギュッ！としめたほうがいい」、ボクに代わって、腹帯《はらおび》をしめてくれる。「朝はカイバを食べてお腹《なか》もふくらんでるけど、歩くうちにへこんでくる。ギュッとしめておかないと、鞍《くら》がグラグラしてしまうからね」と言いながら、持田《もちだ》さんがベルトをギュッとしめたとたん、ゴン太がいきなり「ガブリ！」と持田《もちだ》さんの腹《はら》にかみついた。

バ、バカ！　親切にしてくれているのに何てことするんだ！　大恐縮《だいきょうしゅく》で持田《もちだ》さんにあやまりながら、心の底では「人にかみつく元気があるなら、もう大丈夫《だいじょうぶ》！」とひと安心のボクだった。

ごめん、シマくん！　だってさぁ、思いっきり、お腹《なか》をしめられて「い、痛《いた》い！」と思ったとたん、「な、何するんですか！」って、無意識《むいしき》に持田《もちだ》さんのお腹《なか》をかんじゃったんだよ。

持田《もちだ》さん、本当にごめんなさい！

考えてもいなかった別れ

風邪《かぜ》もすっかり治り、快調なボク。いつもはポックラポックラの並足《なみあし》で進むのに、今日はスタコラサッサの速足《はやあし》。馬上のシマくんが「無理しちゃダメだよ。まだ、完全に治りきってないんだから！」と手綱《たづな》を引っぱって止めようとするけど、平気さ！　ホラッ！こんなに元気なんだよ！

「まったく、お前ってやつは……人にさんざん、心配をかけたくせに」

だって、元気なんだもん！　シマくん！　ちゃんと乗ってないと落っこちちゃうよ！

この日は防府《ほうふ》の乗馬クラブへ。到着《とうちゃく》すると、十数名で迎《むか》えてくれた。

夜は歓迎会《かんげいかい》もしてくれて、国田《くにだ》さんというメンバーの人が、ボクを見て「かわいくていい馬だなぁ」とほめてくれる。国田《くにだ》さん、ありがとう！　シマくんはというと、ボクを見て「お前のどこがかわいいんだよ！」という表情《ひょうじょう》。ほんと、キミって素直《すなお》じゃないんだから！　でも、そんなシマくんが、その夜、ボクの馬房《ばぼう》に来て、シンミリとした表情《ひょうじょう》で黙《だま》っている。どうしたの？　シマくんらしくないよ。

「国田《くにだ》さんから〝もし、鹿児島《かごしま》でゴン太くんにいい買い手がみつからなかったら、私が

買って面倒《めんどう》をみよう〟って言われたんだ。オレ、お前との別れなんて考えてなかったから
ショックだったよ」
ボクもそうだよ。でも、九州《きゅうしゅう》は目の前だし、ゴールの鹿児島《かごしま》にも1か月もしないうちに
着いちゃう。シマくんは、この旅が終わると、東京《とうきょう》で学生に戻《もど》るんだもんね？
「うん、東京《とうきょう》ではゴン太と一緒《いっしょ》に生活できないし、オレ、北海道《ほっかいどう》の高坂《たかさか》さんに話して、ゴ
ン太を高坂《たかさか》牧場に帰してあげようと思うんだ……」
ボクの生まれ育った場所だからうれしいけど、でも、シマくん、会いに来てくれる？
「絶対《ぜったい》行くよ！　でもさぁ、こういうのって考えるとつらいよ……オレ、ゴン太と別れた
くないもん」
声をつまらせるシマくん。ボクだって同じだよ。

6章

ふたり一緒《いっしょ》なら、やりとげられる

～九州編《きゅうしゅうへん》

ついに九州《きゅうしゅう》上陸！

1月31日。さぁ、今日はいよいよ九州《きゅうしゅう》入りだ。九州《きゅうしゅう》に入るには山口県下関《やまぐちけんしものせき》と、福岡県門司《ふくおかけんもじ》の間にある関門《かんもん》トンネルを通らなくてはいけない。

昨夜、シマくんが「ゴン太、明日は長〜いトンネルを通らなくちゃいけないんだよ」と言う。イヤだなぁ、ボク、トンネルが大の苦手だもん。暗いし、車のライトは、まるで怪獣《かいじゅう》の笑った目みたいだし、音もすごい。ビビりまくるボクに、シマくん、イタズラっぽく笑い「今回は大丈夫《だいじょうぶ》なんだ」。

エッ？　どういうこと

「関門《かんもん》トンネルはお馬さんをシャットアウトなんだってさ。人道はエレベーターで降《お》りるから、ゴン太はダメだし、車道も馬は通行禁止《きんし》らしいんだ」

じゃあ、どうすんの？

「トラックの荷台にオレとゴン太を乗っけてもらうから」

昨夜は下関《しものせき》の手前で山本《やまもと》さんという農家に泊《と》めてもらったんだけど、その山本《やまもと》さんがボクたちをトラックに乗せて運んでくれることになったんだって。

よかったぁ！　やったね、シマくん！　バンザ〜イ！　ついに九州《きゅうしゅう》だね！

門司《もじ》から小倉《こくら》へ。今夜の宿、小倉《こくら》の競馬場へはシマくんがあらかじめ連絡《れんらく》していたので、夕方、5時に到着《とうちゃく》すると、場長さんや職員の人たちがボクたちを出迎《でむか》えてくれた。ここの安引《あびき》場長さんは、福島《ふくしま》の競馬場でお世話になったとき、「小倉《こくら》に行ったら必ず、安引《あびき》場長さんを訪ねてみてください。きっと親切に面倒《めんどう》を見てくれるから」って言われて訪ねた人。すごく気さくで親切な場長さんだ。

「ボクもね、学生時代には、アメリカで皿洗いのアルバイトをしながら放浪《ほうろう》したことがあるんだ。ゆっくりしていきなさい」と、シマくんとボクの旅もすんなりと理解《りかい》してくれる。

ところが困《こま》ったことがひとつ起きてしまった。ボクの蹄鉄《ていてつ》がダメになってしまったんだ。蹄鉄《ていてつ》がダメになるとボクは歩けない。シマくんは今までずいぶんと蹄鉄《ていてつ》のことに気を使ってきた。今回の旅って、どこに蹄鉄屋《ていてつや》さんがいるのかわからないので、とにかく、いるところ、いるところで取り替《か》えてきた。今は馬が少ないから、蹄鉄屋《ていてつや》さんも商売にならなくて、仕事を変えてしまうのだ。でも、競馬場の近くとか、大学の馬術部《ばじゅつぶ》の近くにはあるので、何とかやってこられた。

前回取り替《か》えたのは福山《ふくやま》の競馬場で、シマくんは「次は小倉《こくら》で」と思ってたらしいんだ。

「でもさ、ゴン太。この競馬場には馬がいないんだって。夏、競馬が開催《かいさい》される時期だけ、東京《とうきょう》や大阪《おおさか》から馬を運んでくるそうなんだよ。蹄鉄屋《ていてつや》さんも、そのときだけ、一緒《いっしょ》に来るんだって。困《こま》ったなぁ、どうしよう……」

結局、20キロも遠方から蹄鉄屋《ていてつや》さんに来てもらう。ほかならぬ場長さんの頼《たの》みだというので、わざわざ来てくれたんだ。打ち終えたのは深夜の1時。みなさん、本当に申《もう》し訳《わけ》ございません！

「ゴン太、場長さんには蹄鉄代《ていてつだい》も払《はら》ってもらったし、これから4日間の宿も手配してもらったよ。九州《きゅうしゅう》の第一歩でこんな親切な人に出会えて、オレたち、すごくラッキーだよな」

そうだね！　シマくん。

これ食べちゃいけなかったの!?

2月4日、熊本県《くまもとけん》の荒尾市《あらおし》にある競馬場に着く。この競馬場を含《ふく》め、福岡県《ふくおかけん》の添田町《そえだまち》、うきは市、筑後市《ちくごし》での4日間の宿は、小倉《こくら》の競馬場の安引《あびき》場長さんが紹介《しょうかい》してくれた。

だけど、近道だというので越《こ》えた添田峠《そえだとうげ》は、ものすごい雪だった。道に迷《まよ》わないよう、一歩、一歩、雪を踏《ふ》みしめながら越《こ》えた。その疲《つか》れもあったので、競馬場では2泊《はく》して2

月6日、荒尾市《あらおし》を出発。あと、鹿児島《かごしま》まで200キロあまり。1週間もあれば着くみたい。

「ゴン太、思えばここまで長かったなぁ」とシマくん。

うん！　でも、楽しかったよね。

「熊本《くまもと》に入って、気候《きこう》もあたたかいし、みなさんが親切にしてくれるから気持ちがゆるみがちだけど、最後がかんじんだから」

そうだね。慎重《しんちょう》に一歩、一歩、踏《ふ》みしめながら前進していこうね、シマくん。

この日は競馬場で紹介《しょうかい》してもらった合志市《ごうしし》の畜産研究所《ちくさんけんきゅうしょ》に泊《と》まり、翌日《よくじつ》のお昼ごろ、熊本市《くまもとし》に着いて熊本城《くまもとじょう》を見学。通り道に農家があって、シマくんがボクに水を飲ませようと、その農家にバケツを借りに行く。すると、その農家のおばさんが「うちでも牛を飼《か》ってるけん、馬のカイバもわけてあげるばい」と言ってくれる。ボクの背中《せなか》には2回分ぐらいの食料しか積めないから、1回分をわけてもらえるのって、シマくんにとっても大助かりなんだ。おばさんはシマくんにもお昼ごはんをごちそうしてくれて、ボクは庭で昼食タイム。

アレッ！　納屋《なや》の前に、さつまいものツルが置いてある！　うまそ～！　どうせ、捨《す》てるんだろうし、少しぐらい食べちゃっても大丈夫《だいじょうぶ》だよね？　パクリ！　おいし～い！　もう1本、パクリ！　そのときだ。出発しようと玄関《げんかん》に出てきたシマくんが、「バ、バカ！

やめろ！　食べるな！」。あわててかけ寄《よ》ってきて、ボクの食べてるイモヅルをひったくる。

ご、ごめん！「食べてもいいですか？」と聞かないで、勝手に食べたボクが悪かったよ。

「そんなんじゃないんだ！」と言うシマくんの顔はまっ青だ。どうして？　教えて？

「何でもない！」と、ごまかすシマくん。でも、その夜の旅日記には、こう書いていた。


イモヅルが積んであったのは知っていた。しかし、ゴン太の首が、まさかイモヅルまでとどくとは思わなかった。ゴン太のやつ、いつも食べてるカイバよりもずっとおいしいので、バクバクと食べてしまったわけだ。馬にとって、イモヅルは一番の禁物《きんもつ》なのだ。このことは獣医《じゅうい》さんや専門家《せんもんか》から、きつく言われていた。

ああ、ボクは何ていう不注意をしでかしたんだろう。イモヅルも、短く切って食べさせるのならまだいい。しかし、長いまま食べると、イモヅルの中の繊維《せんい》が消化しきれず、糸のようになって腸《ちょう》に巻《ま》きついてしまうのだ。そうなると、馬はものすごい腹痛《ふくつう》を起こし、やがて、死んでしまう。手のほどこしようがないという。

牛は何回もかみくだいて消化（反芻《はんすう》）するが、馬はそうはいかない。そのおそるべき事態《じたい》が今、ゴン太の身に起こっているのだ。こんなの、本当のことをゴン太に話したら、パニックになってしまう。黙《だま》っておいて、ここは運を天にまかせるしかない。今まで腹痛《ふくつう》を一度もおこしたことのないゴン太だ。どうか、今度もそうであってくれ！

そう祈《いの》りながら、ゴン太を引っぱって歩き出した。こうなれば、少しでも運動して消化させたほうがいい。10分、20分……何ともない！　でも、まだ安心できないぞ。1時間、2時間……やはり異常《いじょう》なし。バンザ～イ！　もう、大丈夫《だいじょうぶ》。ゴン太、お前の腸《ちょう》は、イモヅルなんか寄《よ》せつけないほど強力なんだよ。

その夜は宇土市《うとし》の岡崎《おかざき》さんの家に泊《と》めてもらい、シマくんもホッとした表情《ひょうじょう》で「ゴン太、お前、死ぬところだったんだぞ」と話してくれた。ボク、お腹《なか》なんか、全然、痛《いた》くなくて平気だったよ。でもシマくん、心配させちゃってごめんね。

ゆっくりゆっくり進みたい

2月8日。鹿児島《かごしま》まで残り150キロあまり。1日30キロずつ進むと5日後には到着《とうちゃく》する。でもね、結果を先に言っちゃうと、8日と9日の2日間で20キロちょっとしか進めなかったんだ。1日10キロの超《ちょう》スローペース。原因《げんいん》は朝からの雨。午前中、ずっと雨で「ゴン太、雨の中を歩いて風邪《かぜ》をひくといけないから、やんでから出発しようぜ」とシマくん。ボクたちって、これまで雨だけじゃなく、雪の中でも歩いたし、ひと晩《ばん》中寝《ね》ないで歩いたこともあった。そんなシマくんの、目的地を直前にしての「雨がやんでから……」という気持ち、ボクにもわかる。シマくんって、せっかちな性格《せいかく》だし、本当は「ここまで来たのなら、一気に行きたい！」と思ってるはずなんだ。でも「この旅を終わらせたくない……」という気持ちもあると思う。この相反《あいはん》した気持ちってボクもまったく同じだよ。シマくんとの楽しい旅を一日でも長く続けたい。

そんなわけで、出発したのは午後の1時すぎ。この日は合志市《ごうしし》の畜産研究所《ちくさんけんきゅうしょ》で紹介《しょうかい》してもらった、八代市《やつしろし》の施設《しせつ》に泊《と》めてもらう。

9日も午前中は雨。午後、少し晴れたので出発するとまたすぐ雨で、しばらく雨やどり。「荒尾《あらお》で紹介《しょうかい》してもらった高橋《たかはし》さんの家が近くだから、泊《と》めてもらおう」とシマくん。九州《きゅうしゅう》に入ってからは、1か所で2人も3人も宿を紹介《しょうかい》してくれる。だから、その日の目的地まで行かなくても、途中《とちゅう》で泊《と》めてもらえるわけなんだ。

この2日間は少ししか進めなかったけど、たくさんの人に親切にしてもらった。宇土《うと》を出発してすぐ、建設工事《けんせつこうじ》の作業員が寝泊《ねと》まりする飯場《はんば》のそばを通りかかると、雨で仕事は休みらしく「ご飯、食べていきなよ！」と全員で声をかけてくれる。ボクもニンジンをたっぷりとごちそうになる。「鹿児島《かごしま》に無事に着くよう、バンザイだ！」、20人ほどの「バンザ〜イ！」の声に送られて歩き出す。

ラストの難関《なんかん》、大トンネル

2月10日。今日は田浦《たのうら》、佐敷《さしき》のふたつの大トンネルが待ちかまえている。田浦《たのうら》トンネルはおよそ1000メートル、佐敷《さしき》トンネルは1500メートル以上あるんだって。「勇気がないなぁ」って言われるかもしれないけど、ボクの最大の敵《てき》はトンネルだ。人間だって、トンネルの中に入るのはイヤだっていう人は多いよね。

「ゴン太、トンネルを通らずに山越《やまご》えをしたいけど、そうするとむこう側につかないうちに夜になってしまう。ふたり、一緒《いっしょ》にがんばろう！」とシマくん。

うん……自信ないけど、がんばるよ！と答えたものの、結局どうやってトンネルをぬけたかは、もう、何が何だかわからなくて覚えてない。シマくんの旅日記を紹介するね。

これまで、なるべくトンネルを通るのは避《さ》けてきた。でも、今日ばかりは避《さ》けられない。

午後1時半。第一の難関《なんかん》、田浦《たのうら》トンネルへ。心臓《しんぞう》が高鳴る。電気はついているが、排気《はいき》ガスでぼんやりと薄暗《うすぐら》い。ゴン太から降《お》り、ゴン太の首をつかみ、一歩一歩、慎重《しんちょう》に進む。車がやってきた！　ゴォ〜！と、ものすごい反響音《はんきょうおん》だ。思わず、目をつぶる。ゴン太の手綱《たづな》を握《にぎ》りしめている手に力が入る。「動くなゴン太！」、ただ、祈《いの》るのみ。車が通りすぎると、ホッとする。車の量がそれほど多くないので助かる。どうやら最初のトンネルを無事通過《つうか》。冬なのに下着までびっしょりの汗《あせ》だ。疲労感《ひろうかん》がすごい。フーッと、ため息が出る。

ところが1時間も行かないうちに、今度は1500メートル以上の佐敷《さしき》トンネル。夕方になってきたので、車の量も多い。入口から見ると、トンネルの中は真っ暗。ゾーッ！　背筋《せすじ》が寒くなる。ここで事故でも起こして、旅が終わりになるなんてごめんだ。トンネルは、車道のすみに細く歩道を示す線が引いてあるだけ。車が通ると多分すれすれだろう。「どうしよう……」。ボクは、入口で30分ばかり思案にくれた。「行くしかない！」。大きく深呼吸し、「ゴン太、頼《たの》むぞ！」、ゴン太の首をポンとたたき、ゆっくりとトンネルの中へ入っていく。ゴン太もすごい緊張《きんちょう》ぶりだ。

「オレが守ってやるから大丈夫《だいじょうぶ》だよ」、ゴン太に言いきかせる。足をつっぱって、進みたがらないゴン太の手綱《たづな》を鼻先近くで持ち、暗いトンネルの中に入っていく。ゴン太は首をふり、足をつっぱって出口に戻《もど》ろうとする。

「大丈夫《だいじょうぶ》！　大丈夫《だいじょうぶ》だ！」、そうさけびながら進む。

100メートル、200メートル……出口はまったく見えない。大型トラックが来る。

「神様！」。逃《に》げようとするゴン太。ねじふせるように首を下にむけ、制《せい》するボク。だが、しょせん、人間の力は馬にはかなわない。

ちょうど、トンネルの中ほどまで来たとき、大型バスが後ろからやってきた。トンネルの中は、自動車の音が壁《かべ》をつき破《やぶ》るほどの響《ひび》きだ。後ろからの大音響《だいおんきょう》に、ゴン太はたまらず、ボクの制止《せいし》をふりきり、飛びはねた。

バスが急ブレーキをかける。うしろに続く車も急ブレーキ。ものすごい大音響《だいおんきょう》だ。耳をつんざくその反響音《はんきょうおん》にゴン太は猛烈《もうれつ》ないきおいで暴《あば》れだした。ボクは手綱《たづな》を握《にぎ》りしめ、ゴン太に引きずられて右、左。ここで放したらおしまいだ。

「ゴン太！　大丈夫《だいじょうぶ》！　大丈夫《だいじょうぶ》だ！」、引きずられながらさけぶ。

数分後、ゴン太もなんとかおとなしくなった。しかし、われながら、よくゴン太を放さなかったものだ。乗馬靴《じょうばぐつ》は、はるかかなたに置きざりにされ、手足はすり傷《きず》だらけ。それに、数分間も交通を止めてしまい、トンネルの中は長～い車の行列。もう、大恐縮《だいきょうしゅく》のいたりだ。でも、ゴン太にケガがなくてよかった。ゴン太、よくがんばった！　ありがとう！

その夜、湯浦《ゆのうら》の井川《いがわ》さんの家のふとんの中で、ボクは昼間の光景を思い出してさけんだ。

「勝った！　これでゴン太と一緒《いっしょ》に鹿児島《かごしま》まで行けるぞ！」

シマくん、苦労させちゃってごめん。でも、怖《こわ》かったぁ〜！

113日間、最後の夜

2月11日。水俣《みなまた》を通って鹿児島県《かごしまけん》に入り、出水《いずみ》から宮之城《みやのじょう》まで山越《やまご》え。ところが山また山で、民家は一軒もない。幸い営林署《えいりんしょ》の事務所《じむしょ》を発見し、そこに泊《と》めてもらう。翌日《よくじつ》は入来《いりき》まで進み、交番のおまわりさんの紹介《しょうかい》で、家畜商《かちくしょう》の藤園《ふじぞの》さんの家に泊《と》めてもらった。

明日はいよいよ、最終目的地の鹿児島市《かごしまし》に到着《とうちゃく》だ。

ここ何日かのボクとシマくんの気持ちは「早く到着《とうちゃく》したい……でも、旅を終えるのがさびしい……」で、雨が降《ふ》ると、それを理由にして休んだりした。でも、目的地が目の前となった今日は「ゴン太、行くぜ！」、うん、シマくん！　と、前進あるのみの心意気だ。

夕食後、シマくんがボクの馬房《ばぼう》にやってくる。どうしたの？　シマくん。

「いや、ゴン太の体をこすってなかったなぁと思ってさ」

さっき、ワラでこすってくれたばっかりだよ。

「アッ、そうだった！　でも、来ちゃったから、もう一度、やってやるよ」

いつもより、ていねいにワラで体をふいてくれる。ボク、わかってるよ、シマくん。今夜が最後かと思ったら、何だかさびしくて、悲しくて、ちょっとでも一緒《いっしょ》にいたくて「体をこすってない」とか、理由をつけて、来てくれたんだよね。ボクもシマくんと同じ気持ちだから、すごくわかるんだ。

「こうするのも、今夜で本当に最後なんだよなぁ……」、ポツリとつぶやくシマくん。

「ゴン太、オレさ、今夜はお前と一緒《いっしょ》に寝《ね》るよ。最後の夜だもんな。一緒《いっしょ》にすごそう」

シマくん、そう言ってもう一度出ていくと寝袋《ねぶくろ》を持って来て、ボクの横に寝《ね》っころがる。

「ゴン太、お前、よくがんばってくれたよなぁ」

お互《たが》いさまだよ。シマくんもよくがんばったよ。

「いや、お前のがんばりと、たくさんの人たちの親切のおかげで、ここまでやってこられたんだ。ゴン太、本当にありがとう！」

何か、シマくんらしくないなぁ。いつものように「ここまで来たのはオレの努力の結果だ。お前は何の役にも立ってない」みたいなこと、言ってよ。

「最後の夜ぐらい、本音を言わせてくれよ。思えば今日まで112日間。毎日、大変な日々だったけど、とうとう、ここまでたどりついたよ」

何百人という方たちの好意によって、ここまでやってこられたんだね。

「オレとゴン太におくってくれた親切とまごころだけは絶対《ぜったい》にムダにしないでおこうな」

そうだね。ボクも永遠《えいえん》に忘《わす》れないよ。

「オレ、鹿児島《かごしま》に着いたら、お世話になった人、全員に手紙を書くよ」

馬房《ばぼう》から、シマくんと共に見上げる星空は、さえわたっていた。

「思えば、旅の間は、星空をゆっくり見るよゆうもなかったもんなぁ」

そうだね。疲《つか》れきって、すぐ寝《ね》ちゃったし。こんなきれいな星空を見るのは初めてだね。

ボクとシマくんは、今までの苦労が夜空にふわふわ飛んでいき、集まって星に結晶《けっしょう》していくような、こころよい錯覚《さっかく》にしばしの間、ひたっていた。

とうとうゴールへ！　鹿児島到着《かごしまとうちゃく》

2月13日、早朝5時。「ブルル！　やっぱり、馬小屋で寝《ね》るのって寒い！」、昨夜、寝袋《ねぶくろ》にくるまってボクの横で眠《ねむ》っていたシマくんが目を覚ます。

さぁ、シマくん、今日がいよいよ最後だよ！　「そうだね。行こうぜ、ゴン太！」、寝袋《ねぶくろ》から飛び起きるシマくん。

鹿児島《かごしま》までの30キロの道のり。白い息を吐《は》きながら、ボクとシマくんは寒い朝の中を進む。一歩、一歩、しっかりと大地を踏《ふ》みしめながら、ボクとボクの背《せ》にまたがるシマくんには、これまでの旅の思い出が走馬灯《そうまとう》のようによみがえる。

「酸ヶ湯温泉《すかゆおんせん》でゴン太に逃《に》げられたときは、オレ、〝ここで旅は終わりか……〟と、大パニックになっちゃったよ」

だってシマくん、自分だけ、旅館に泊《と》まってボクをひとりぼっちにするんだもん。

「山の中で見つけたときはホッとしたもんなぁ」

あんなに仲が悪かったのに、いつの間にか、仲よくなっちゃったよね、ボクたち。

10時、入来峠《いりきとうげ》。峠《とうげ》の下に鹿児島《かごしま》の街並が見える。

「ゴン太、ホラッ！　桜島《さくらじま》が見えるよ！」、シマくんの指さす先には、桜島《さくらじま》がくっきりと美しい姿《すがた》を見せている。

午後1時、郡山《こおりやま》。

「ゴン太、気があせらない？　ここから一気に飛ばして、鹿児島《かごしま》まで突《つ》き進みたいよね」

うん、でも、シマくん、あせるな、あせるな、だよ。

「そうだね。気持ちを落ちつけるためにも、少し休憩《きゅうけい》しよう」

10分ばかり休んで出発し、午後2時30分には伊敷《いしき》に着く。

「さぁ、目的地までは残り4キロだぞ、ゴン太！」。

シマくん、ボク、シマくんと旅ができて、すごく楽しかったよ。

「オレも最高に楽しかった！　ゴン太、ありがとう！」

午後3時40分。ゴールである鹿児島《かごしま》市役所の建物が見えてきた。シマくんがボクの背《せ》から降《お》りる。

「ゴン太、あと300メートルだぞ！」

うん、シマくん、はるか北海道《ほっかいどう》から2600キロ、113日間をかけて、ボクたちは今、ここに、たどりついたんだね。

「さぁ、ゴン太、残り300メートル、一歩、一歩、ゆっくりと進むぞ」。ふたたび、ボクの背《せ》に乗るシマくん。こみあげてくる万感《ばんかん》の思いを、歯を食いしばりながら胸《むね》におさめ、最終地点に一歩、一歩と近づいていくボクたちだった。

エピローグ

あれから2か月。東京《とうきょう》のシマくんへ

シマくん、元気に大学生活を送ってる？　ボクは鹿児島《かごしま》の大学で農学部の先生や学生さんが親切に世話をしてくれて、楽しくすごしてるよ。シマくんに会えないのは、ちょっぴり、さびしいけどね。

シマくん、旅が終わってからのことを、みなさんに、ボクのほうから少し説明しておくね。4月から東京《とうきょう》での学生生活に戻《もど》るシマくん。ボクを連れていけないから、北海道《ほっかいどう》の高坂《たかさか》さんのところに戻《もど》してくれようとした。でも、ボクを北海道《ほっかいどう》まで運ぶ貨物車《かもつしゃ》とかの料金がものすごく高くて、あきらめざるをえなかったんだ。

そんなとき、大学の農学部の先生が「道産子《どさんこ》の優秀《ゆうしゅう》さをデータにし、学会で発表したい」と言ってくれて、ボクは鹿児島《かごしま》に残ることになったんだ。シマくん、農学部にはサラブレッドもいるし、ボクのような日本の馬もいるよ。みんな、ボクとシマくんの旅の話を聞きたがって、いつもボクのまわりに人だかり、じゃなかった、馬だかりができちゃうんだ。ボク、すごく人気者なんだからね。

シマくん、この前、先生から聞いたんだけど、鹿児島《かごしま》で大学の研究が終わったら、日本中央競馬会の人が、東京《とうきょう》の馬事公苑《ばじこうえん》でボクを飼《か》ってくれるんだって。そうすれば、毎日でも会えるよね！

この前の手紙では『夏休みには必ず、鹿児島《かごしま》に行くから』って書いてくれてたよね。

待ってるからね、シマくん！

あれから1年。天国のゴン太へ

ゴン太は今、ボクの故郷《こきょう》、紀伊半島《きいはんとう》の、海が見える丘《おか》の上で眠《ねむ》っている。

鹿児島《かごしま》大学から「ゴン太が亡《な》くなった」と連絡《れんらく》があったのは、別れて5か月目の7月。

「もうすぐ夏休みだ。ゴン太に会える」と思ってた矢先だった。病名はゴン太のお母さんと同じ骨軟化症《こつなんかしょう》。脚《あし》の骨《ほね》がもろくなってしまう病気だ。

ボクを乗っけて、113日間、歩き続けてくれたゴン太。ずいぶんと脚《あし》に負担《ふたん》がかかったのだと思う。ごめん！　ゴン太！　ボクの前では弱音《よわね》をはかず、元気に歩いてくれたゴン太。本当にごめん！

ゴン太が亡《な》くなったなんて、どうしても信じられなかった。もう一度だけでも会いたかった。

ゴン太と別れてから、ようすを知りたくて鹿児島《かごしま》の大学に電話したことがあった。そのとき、大学の先生は「馬で日本縦断《じゅうだん》はできる人もいるかもしれない。でも、道産子《どさんこ》のゴン太くんで日本縦断《じゅうだん》は、キミしかできなかったと思う」と言ってくれた。ゴン太の世話は大学の馬術部《ばじゅつぶ》のみなさんがやってくれたそうだが、ゴン太のやつ、誰《だれ》にもなつかなかったという。部員がゴン太の背《せ》に乗ろうとすると、「ボクが乗せるのはシマくんだけだい！」とでも言うように、みんなをふり落としたそうだ。

旅を終え、ゴン太を残して東京《とうきょう》へ帰る別れの日。ゴン太のあの悲しい瞳《ひとみ》は今でもはっきりと覚えている。

ボクの顔に鼻面《はなづら》を押しつけ、いつまでも離《はな》れようとしないゴン太。別れがつらいボクの涙《なみだ》を長い舌《した》でペロリとなめ、「ボク、さびしくないよ、大丈夫《だいじょうぶ》だから、シマくん」と言ってくれたゴン太。そんなゴン太に手をふり、100メートル、200メートル……大学を出たとき、「シマくん、ボクを置いてかないで！　ひとりぼっちにしないで！」と、ゴン太がさけんでいるようないななきがボクの耳に届《とど》いた。

「ゴン太！」。かけ戻《もど》りたい衝動《しょうどう》を必死でおさえ、あふれる涙《なみだ》をこぶしでぬぐったボク。

まさか、あれがゴン太との永久《とわ》の別れになるなんて……。


旅を続けていたとき、何度も「シマくんの生まれたところにいってみたいなぁ」と言ってたゴン太。ボクの母が、「毎日、おまいりをして、お墓《はか》を守ってあげるから」と言ってくれたので、故郷《こきょう》の丘《おか》の上に墓《はか》を建てた。

ゴン太！　天国でお母さんに会えた？　もう子どもじゃないんだから、甘《あま》えちゃダメだぞ。オレ、お前との旅の思い出は一生、忘《わす》れない。

「ゴン太！」、今も、空にむかってそう呼《よ》びかけると、「シマくん！」、聞こえてくるんだ、お前の声が。元気だったゴン太の声が。

馬のゴン太の大冒険

2018年7月17日　初版第1刷発行

著者　島崎保久
絵　Lara

発行人　森 万紀子
発行所　株式会社　小学館
〒101-8001　東京都千代田区一ツ橋2-3-1
電話：編集 03-3230-5949　販売 03-5281-3555
印刷　凸版印刷株式会社
製本　株式会社若林製本工場

装丁　小口翔平＋三森健太＋岩永香穂（tobufune）

アーティストプロデューサー　マキ・コニクソン

販売　筆谷利佳子
宣伝　綾部千恵
制作　松田雄一郎
編集　矢島礼子、笠井良子（小学館 CODEX）

Printed in Japan ISBN 978-4-09-289766-3